全国高等职业教育“十三五”规划教材

雁同地区文化艺术鉴赏

主编 郭 毅
主审 吕向阳

中国矿业大学出版社

内容提要

本书在简要叙述雁同地区文化艺术历史渊源和艺术鉴赏方法的基础上，详细介绍了雁同地区的雕塑、建筑、说唱、剪纸、语言等方面的艺术形式、特点和相关成果，并就雁同地区的餐饮、婚俗、地方民俗、同煤企业文化进行了系统讲述，方便读者全面、深入了解雁同地区的风土人情、历史发展和民俗文化。

图书在版编目(CIP)数据

雁同地区文化艺术鉴赏 / 郭毅主编. —徐州：中国矿业大学出版社，2017.8

ISBN 978-7-5646-3707-1

Ⅰ.①雁… Ⅱ.①郭… Ⅲ.①文化艺术—鉴赏—大同 Ⅳ.①I206

中国版本图书馆 CIP 数据核字(2017)第 221687 号

书　　名　雁同地区文化艺术鉴赏
主　　编　郭　毅
责任编辑　何　戈
出版发行　中国矿业大学出版社有限责任公司
（江苏省徐州市解放南路　邮编 221008）
营销热线　(0516)83885307　83884995
出版服务　(0516)83885767　83884920
网　　址　http://www.cumtp.com　**E-mail**：cumtpvip@cumtp.com
印　　刷　江苏淮阴新华印刷厂
开　　本　787×1092　1/16　**印张** 8.75　**字数** 218 千字
版次印次　2017 年 8 月第 1 版　2017 年 8 月第 1 次印刷
定　　价　25.00 元

目 录

第一章　引　论

第一节　雁同地区文化艺术的历史渊源

大同市位于山西省的最北端，造山形成的大同盆地使大同市三面环山，桑干河支流——御河纵贯南北，其他还有十里河、口泉河等汇入，处在明朝内、外长城之间。图 1-1 所示为修复的大同明长城。本书所讲的雁同地区是宽泛的原属其管辖的雁北、大同地区，因它们在历史发展、文化、语言、风俗、艺术、沿革归属等方面大同小异，也有着天然不可分割的渊源。雁同地区在旧石器中期（约 10 万年前）就有古人类活动。1974 年，阳高许家窑村南梨益沟西岸发生断崖，离地表 8 米左右，发现了古人类化石，还出土有石球、骨器、兽骨（野马、虎、野猪等）约 1.4 万件，震惊世界。图 1-2 所示为许家窑人遗址。1976 年，经考证是“北京人”的后裔，他们因气候原因西迁来到大同湖附近定居。晚些时候，在鹅毛口、青瓷窑、泥河湾等地（新石器文化的云冈南梁、高山、马家小村等遗址）也发现了古人类活动的遗迹，有的已经是村落农业遗迹。春秋至史前这里曾是北狄少数民族的聚居地，浑源李峪青铜器是这个时期的代表，出土的铜牺尊、铜豆典雅中带有雄浑豪放，是晋文化、燕文化的早期艺术精品。北狄少数民族是雁同地区最早文明的开拓者，也在这方土地上演绎出了不朽的文化艺术史。

图 1-1　修复的大同明长城

图 1-2 许家窑人遗址

大同古称平城、云中，辽、金作为“西京”改称大同。历史上这里是中原的汉民族和塞外的游牧民族争夺天下的古战场，特殊的地理位置造就了大同数千年的战争史和民族交融史。早在春秋战国时期，赵武灵王就在这里摈弃汉人笨重的战车长袍，推广轻便的胡服骑射，从而成就了一代霸业。大同灵丘的赵长城是最早的长城之一，后来明朝的著名长城关口在此基础上建立(如平型关等)。汉朝时，刘邦率军抗击匈奴，在白登山(大同县与阳高的交界处)被困七天七夜，后来用陈平的计策，贿赂匈奴单于的妻子阏氏，才得以突围。这一次战争失利使西汉王朝改变了对匈奴的策略，与匈奴结下了和亲之约，也就有了后来传为佳话的昭君出塞。

公元 398 年，居住在大兴安岭嘎仙洞(内蒙古呼伦贝尔鄂伦春旗)鲜卑族首领拓跋珪所向披靡统一了北方，建立北魏王朝，成为中国历史上第一个与南方汉族政权抗衡的少数民族王朝。北魏定都平城(今大同市内的东北部)，直到北魏孝文帝迁都洛阳为止，平城一直是北魏的都城。“营宫室、建宗庙、立社稷”，经过近百年的苦心经营，平城成为当时北方的政治、军事、经济、宗教和文化艺术中心，书写了大同历史上最为辉煌的一章，它标志着中华各族人民共同创造了历史和文明。因此，在 1982 年，大同市与北京、西安、南京等 24 个城市一起首批入列“中国历史文化名城”，成为山西省唯一一座首批入列的城市。

云冈石窟是北魏名僧昙曜奉文成帝旨意开凿的，距今已有 1 500 多年的历史。北魏之所以尊崇佛教、大兴石窟，是基于佛教对于皇权有“济益之动”的考虑，因此，北魏集全国的财力、人力、物力在云冈开始了浩大的佛窟开凿工程，从而出现了北魏王朝政教合一的局面。

云冈石窟是世界文化艺术宝库中一颗璀璨的明珠，它的气度是空前的。举目望去，金楼重檐、玉宇琼阁、满堂佛龛、雍容华贵……这些是北魏王朝前、中期特有的大佛造像，圆润流畅的线条、丰满柔和的构图、慈眉善目的面庞、褒衣博带的袈裟、形制宏丽的洞窟，从中我们可以领略北魏王朝的大气磅礴，感受鲜卑族人理解的佛教文化。图 1-3 所示是“昙曜五窟”之一。

图 1-3 “昙曜五窟”之一

五代时，后晋石敬瑭为了当上“儿皇帝”，将“燕云十六州”割让给契丹人，大同由此划归辽地。此后的 200 多年，大同先后成为辽、金两朝的陪都(西京)。

历代文人似乎只钟情于颓废腐败、偏安一隅的赵宋王朝，而对强大鼎盛的辽、金政权不屑一顾。其实，先后与宋并存于世的辽、金两代，不仅兵强马壮、地域辽阔，而且继承并创造了高昂奔放的北方文化艺术。这种特有的多民族文化艺术，在大同完整地保留了下来，位于大同市内的华严寺、善化寺以及观音堂等遗存，大气磅礴、淋漓尽致地反映了辽、金文化的特征。在华严寺薄伽教藏殿内的辽代塑像，有一尊露齿菩萨，造型极为独特，菩萨口露香齿，尽展佛韵，与太原晋祠圣母殿内行不动裙、笑不露齿的宋塑侍女相比，显然是两种不同风格的雕塑艺术作品。宋人受“礼”制约束太深，内秀多于外露；契丹人豪迈洒脱，齿露芬芳，是另一种美的表现。

公元 1212 年，元军攻破大同金军时，沿袭了大同“陪都”建制并成为河东山西道省会，同时，大同逐渐成为元与内地军事、商贸沟通的要地。大同的冶金、采煤、陶瓷、皮毛、建筑等产业非常发达，中、西亚的商人、艺人、学者等纷纷来交往迁驻。至元八年(公元 1271 年)，忽必烈取《易经》“大哉乾元”，建国号“大元”。公元 1279 年，忽必烈灭南宋统一中国，结束了辽、金、宋多年对峙的战乱局面，大同再次出现繁荣。大同鼓楼东街的关帝庙见证了它的繁盛与衰落。意大利旅行家马可·波罗来到大同，盛赞“大同是一座宏伟而美丽的城市”。

明朝的大同以一个军事要冲的姿态掀开了新的一页。明军攻克元大都后，元军残部退回蒙古草原，但仍对中原念念不忘，骚扰不断，对明朝北部边境构成了严重威胁。明王朝因此格外重视北部边境的防御，在北方设立了九个防务重镇，称为“九边”。其中，大同镇的战略位置尤为重要，当时全国十二分之一的军队驻守在这里，明成祖和明英宗都曾到此御驾亲征，有“大同士马甲天下”的美誉。公元1372年，朱元璋第十三子朱桂藩镇大同，在北魏平城旧址以南重建云中城池，即今大同古城，其规模为我国北方所少见。而在大同北部，东起天镇县新平堡、西至右玉县杀虎口的300千米长城则进行了六次大规模修整，又在长城到城池之间，建边堡、营堡、烽火台上百处，形成了我国北方“长城攘外，方城安内”特有的城防布局，由此，大同的戍边文化达到高峰。图1-4所示为左云摩天岭长城。

图1-4　左云摩天岭长城

公元1438～1571年，明王朝对蒙古各族采取怀柔和亲政策，在大同三设马市，应允鞑靼“通贡”，促进了长城内、外社会生产力的恢复和发展，大同成为蒙疆各族与中原地区经济交往的集散地和塞外商埠，再次出现难得的繁荣局面。大同的农耕、商贸文化与草原游牧文化实现交融、互补，大同的手工业、餐饮业、二人台等说唱艺术及“西口”文化随之发展起来。

北魏近百年的建都史和辽、金200多年的陪都史，使大同这座塞外名城有着不凡的都城气度，这气度不仅辉映于云冈石窟的大气磅礴和华严寺、善化寺的雄伟精巧，更渗透在古城的血脉里。图1-5所示为大同东小城。自北向南穿越大同的那一条河被称为“御河”，城内有新华门、乾楼、箭楼、九龙壁等，都有着都城的意义。

大同承载着2 000多年的文明史，叠加着数十个古代民族的文化艺术。它沉淀、汇集了农耕、游牧、戍边、佛教等多元文化，历史上鲜卑人、突厥人、契丹人、女真人、蒙古人(鞑靼、沙陀、瓦剌部)走马灯似的在这块土地上生活、征战，统治频繁更迭，多民族的聚散、离合、交融，为人们展示了厚重粗犷、斑斓多彩、勇敢善良的大同传统文化，这也是大同文化艺术的特色之一。

民风、民俗是最直观的文化现象，它折射着一个城市文化艺术的历史，特殊的地理位置和历史渊源造就了大同独特的民风。大同人的民风可以概括为以下几点：

图 1-5　大同东小城

第一，大同人喜欢食肉（尤其是牛、羊肉）。传统的八大件几乎都是肉。大同的餐饮业非常发达、讲究（大同的厨师在中央电视台的厨艺大赛中多次获奖，大同人用的餐具种类、档次同一线城市不相上下），这与游牧文化的影响不无关系。

第二，大同人善歌、爱“红火”。逢年过节各村、户都要办“红火”玩意，同时各县都有（小剧种）演出，如灵丘的罗罗腔、应县的要孩儿、朔州的秧歌、右玉的道情、阳高的二人台、浑源的扇鼓及北路梆子等，历史原因是多民族在这里繁衍生息、融合，他们带着祖上的音乐载体，成为雁同的小剧种。图 1-6 所示为大同关帝庙戏台。

图 1-6　大同关帝庙戏台

第三，大同人爱美。大同人衣着不落时尚，长得浓眉大眼，方脸体健。大同美女如云，《大同府志》记载民间有谚语“宣府的教场、蔚州的城墙、大同的婆娘，为三绝”，这与大同历史上多民族的融合是分不开的。

第四，大同人爱干净。老大同人的家里从茶具、炊具到灶台、院落总是明亮、干净、整洁。大同人家的"三大件"是鸡毛掸子、掸衣省子、笤帚。春节家家户户都会刷房、拆洗被褥等，这与其戍边、商贸文化有着历史的渊源。

第五，大同人习"软"。一是"和为贵"，二是走不出大同城。历史上受佛教、儒家影响较深，尊崇与人为善，因果报应。同时，多年的戍边战乱，大同人更懂得和睦相处、和平安定的珍贵。历史上的战乱、自然灾害大同总能避灾，像大同人说的"有佛祖保佑"。大同人找工作、商贸交往等都不愿意离开家，古时还有"姑娘不嫁外"的风俗。

第六，大同文化风俗多元化。主要是20世纪五六十年代同煤、428厂、616厂、3528厂、铁路等招工移民(是大同原住人口的三分之二)，使得文化风俗呈现出多姿多彩，有着移民城市的共性。

大同工艺品历史悠久、种类繁多、技艺精湛，有剪纸、面塑、艺术瓷、煤雕、石雕、木雕、绢人等。其中铜器錾刻工艺可谓闻名中外，至今大同手工制作铜器的作坊还在传承着这古老的手艺。大同的铜器加工始于北魏，距今已有1 500多年。民国《大同志稿》记载:"大同虽非铜区，而铜制品向颇著称，物美价廉，多运往外蒙古地方……故手工业中，铜工最为独步。"民间流传着"五台山上拜佛，大同城里买铜"的说法。錾龙刻凤的铜火锅不仅是炊具，更是工艺品。

大同的"煤文化"底蕴深厚，有"煤都"之称，北魏郦道元在《水经注·漯水》中已有大同人开采煤炭用以炊煮取暖的记载。"山上有火井，南北六七十步，广减尺许，源深不见底，炎势上升，常若威雷发响，以草爨之，则烟腾火发。""山有石炭，火之，热同樵炭也。"明代于谦来大同后托物言志，写了《咏煤诗》，寄托自己的爱国情怀:"凿开混沌得乌金，藏蓄阳和意最深……但愿苍生俱饱暖，不辞辛苦出山林。""煤文化"已融入大同人的生活，春节大街小巷、村民庭院都要用煤块垒成圆碉形"旺火"。岁尾年头时刻，满城大大小小的旺火点燃(图1-7)，人们转旺火、看热闹、拜佛、吃团圆饭等，一片欢乐祥和的气氛。大同的冬至还是"窑神爷"的节日，窑主也要祭祀，祈祷平安发财。如今大同市已发展成为我国最重要的能源基地之一。

纵观雁同文化艺术形式，其发展有两座艺术高峰:

一是雕塑艺术。代表作就是云冈石窟，无论是表现技法、结构布局、思想表达等艺术价值，还是反映社会生活、宗教、民俗等历史价值，都在世界历史的舞台上占有一席之地。

二是建筑艺术精美绝伦。代表作就是悬空寺、华严寺和应县木塔，其布局设计、结构、选材、工艺等在建筑艺术史上绝无仅有。这些超级建筑艺术，在世界堪称奇迹，而这奇迹在雁同地区表现得淋漓尽致，值得每位中国人品味、赏析。

"大同"是古代政治家的最高理想。"大道之行也，天下为公，选贤与能，讲信修睦。故人不独亲其亲，不独子其子，使老有所终，壮有所用，幼有所长，矜、寡、孤、独、废疾者皆有所养，男有分，女有归。货恶其弃于地也，不必藏于己;力恶其不出于身也，不必为己。

图 1-7 大旺火点燃

是故谋闭而不兴，盗窃乱贼而不作，故外户而不闭，是谓大同。”（见于《礼记·礼运·大道之行也》）

大同，展示着两千多年的文明史，融汇着数十个古代民族的文化艺术，埋藏着丰富的资源，传承着古朴的民风，今天这座历史文化名城依然散发着熠熠的光辉。

第二节 艺术鉴赏的方法和修养

艺术鉴赏是通过美的再现，潜移默化的理解、感染，“润物细无声”地使人们受到真善美的沐浴、熏陶，再发挥人的主观能动性和想象力，人们会在不自觉中接受真善美，从热爱艺术开始而达到热爱人生。这也是人生修养和历练的必经途径。

艺术是为人生的，没有纯粹的为艺术而艺术，艺术直接或间接表现了人的意志。音乐和绘画是最为抽象的艺术。当我们听到抗战歌曲和现代流行音乐时，从其旋律和节拍上就会感受到作者的内心世界。抗战歌曲高亢、紧迫、悲哀、节奏鲜明，表达了作者对国家的担忧和对外敌的讨伐。现代流行音乐则多变，融合各民族及各国音乐元素，更多表现人的喜怒哀乐和对现实生活的感悟。如《黄河大合唱》《义勇军进行曲》与《月亮之上》《小芳》，同样是情感宣泄，同样表达了人生追求，但表现的内心世界不同。绘画也是如此，如齐白石画的花鸟鱼虫，是其对自然和生命的敬畏，抽象表达了白石老人对人生和社会的态度。因此，艺术鉴赏就是通过艺术形式探究其内在的真善美和作者人生追求，也给予了欣赏者新的、有意义的、美的享受。

艺术鉴赏的方法主要有：

(1) 了解艺术品时代背景。

每一件艺术品都有时代的烙印，杰出的艺术家都有自己对社会及人生的独特感悟，他们的艺术创作源于生活又高于生活。因此,社会环境、人文地理、成长历程等都会对艺术家产生影响,也使其艺术创作受到局限,任何脱离当时社会背景和作者个人经历的品赏,都是错误的。在刘心武的短篇小说《班主任》中,虽然里面的大段心理描写和写作技巧有一些读者并不喜欢,但是当了解了当时的背景后就会肯定他开一代先河,“解冻”了当时禁锢的文学思想,具有开创性和划时代的意义。我们在欣赏自然风光时也要了解其人文情怀和历史遗迹,了解其山水脉络、地质成因构造,这样才能从旖旎的风光中感受到大自然的鬼斧神工,欣赏到它的美韵,达到“物我合一”的境界,获得心旷神怡的美感。

(2) 整体把握艺术形象。

① 艺术美就是整体的和谐。美的事物从内容上看,其精髓、意蕴是有机体。应县木塔的每一层梁柱哪怕每一个榫卯都不会错,否则它不会存世那么久,让世界惊讶。有了它的整体和谐,才会感受其结构的精美。从形式美的角度看,每一件艺术品都不是独立无味的。大同的古堡,初来乍到看其就是一个土围子,入眼是断壁残垣的荒凉、贫困潦倒的村民。而全面了解了古堡的历史后,就可以看到它曾经的辉煌与强盛、血雨与腥风、坚守与奋斗、淳朴与善良的感人故事,就会感知到古堡的历史与人文价值,感到它有道不尽的魅力,承载着厚重的历史使命。

② 艺术美是整体和多样的统一。大同的寺庙很多,布局大同小异,都有佛龛大殿、山门、钟鼓楼、佛塔、牌楼等,但每一座寺庙又不同,均自成一体。悬空寺的巧、华严寺的雄、善化寺的齐、昊天寺的特等,都是浑然天成,巧夺天工。这种多样中不离整体、整体中存在着个体的多样性,是每一个鉴赏者应当把握的。

(3) 学习艺术审美规律。

艺术品为精神产品,它具有艺术美的移植功能。我们在审美时会带着主观意念去理解消化艺术品,甚至有感而发,这样往往把握不准其艺术精髓。因为艺术家的创造不仅揭示社会生活本质,而且融入了艺术家的审美理念,这就需要我们学习掌握艺术审美规律。如二人台艺术的传统剧目以“苦情戏”为主,它的创作也是流浪艺人的生活写照,这就决定了它一定是百姓的“俗气”艺术,它的题材是百姓身边事。语言幽默诙谐,甚至粗俗;表演粗犷生活化。它的许多音乐是“讨吃调”,高亢中带着沙哑嚎声,这种“哭嚎”声是融入了艺术家精神寄托和审美情感的。这就是二人台的艺术形式及内在规律,以这条审美主线来把握二人台艺术就会更加准确些。审美除了有规律之外,还有审美技巧需要我们掌握学习。如音乐、舞蹈、绘画、写作等,每一门艺术都有自身的规律及技巧,是要经过长时间甚至一辈子的研习,才能知其“味”的。只有不断地努力学习,才能在潜心研究的基础上生“巧”。

(4) 提高艺术修养能力。

艺术修养能力,主要是艺术形象的感知、美丑的判断及艺术的再创力,其提高方法首先是多实践。“操千曲而后晓声,观千剑而后识器”,只有多看多研究,才能触类旁通,提高艺术鉴赏力和艺术修养。其次,是人品、德行的养成,这是我们进行一切艺术鉴赏的前提,也是我们期望达到的最高境界。

小知识

伊利亚·爱伦堡(公元 1891～1967 年),苏联作家,曾获斯大林文学奖。1954 年,发表小说《解冻》,该小说是在斯大林死后不久发表的,轰动了苏联及欧洲,主题是反对官僚主义、个人迷信,宣传人道主义,作品中的茹拉甫廖夫对下级、工人麻木不仁,只知生产,缺乏对人的信任、尊重、爱护,实质上是人性扭曲的化身。之后出现了一大批控诉前政府的文艺作品,西方称之为"解冻"思潮。

第二章 雕塑艺术

大同雕塑艺术是雁同文化艺术的最高成就，也是中国以至于世界的艺术，其中最具代表性的是云冈石窟。无论它开凿的年代还是雕塑的技法，无论它反映的是社会世俗生活还是佛教文化，都是当之无愧的“中国古代雕刻艺术宝库”。图 2-1 所示为云冈石窟正门。錾铜的技艺则再现了雁同劳动人民的聪明才智，把生活和艺术有机地结合，美的艺术在生活器具上体现出来，其涉及面之广、传播之远，是非常罕见的。

图 2-1　云冈石窟正门

第一节　云冈石窟

云冈石窟位于大同市以西 16 千米的武周山南麓，石窟依山开凿，东西绵延约 1 千米。现存主要洞窟 45 个，计 1 100 多个佛龛，大小造像 51 000 余尊，它是我国规模最大的石窟群之一，也是闻名世界的艺术宝库。1961 年被国务院公布为全国首批重点文物保护单位。

北魏经历了“太武灭佛”“文成复法”后，文成帝和平年间（公元 460～465 年）云冈石窟开始大规模开凿，到孝明帝正光五年（公元 524 年）建成，前后计 60 多年，在北魏由大同迁都洛阳之前已完成大部。传说它最早是高僧昙曜开凿了 5 窟，后来官民都参与开凿

200 余窟，方圆 2 千米都有零散石雕。郦道元这样描述它："凿石开山，因岩结构，真容巨壮，世法所希。山堂水殿，烟寺相望……"这是当时石窟盛景的真实写照。图 2-2 所示为塔庙窟。

图 2-2 塔庙窟

北魏（公元 386～534 年）王朝是由鲜卑族在北方建立的，拓跋鲜卑起源于大兴安岭，东汉之后向南扩张。北魏的前身是代国，建于公元 315 年，拓跋珪（道武帝）公元 386 年改国号魏，期初建都盛乐（现内蒙古和林格尔北），公元 398 年迁都平城（大同），公元 494 年迁都洛阳。在平城，孝文帝（实际为冯太后）进行了一系列改革，如移风易俗、迁都洛阳、改革户调、整顿吏制、推行均田制等，使鲜卑族与北方其他民族进一步融和，生产力得到发展。同时，各种思潮活跃，尤其佛教盛行，在洛阳还出现了寺院经济，佛教在北魏起到了稳定社会、发展经济、对外交往、繁荣艺术等作用。我国的石窟开凿始于甘肃敦煌千佛洞（前秦建元二年），直到北魏达到高峰。云冈石窟三分我国石窟艺术（其他为洛阳、敦煌），被誉为我国古代雕刻艺术的宝库，它是我国古代佛教思想、政治道德、文化艺术、民俗生活、社会经济的化石。图 2-3 所示为"佛字湾"。

图 2-3 “佛字湾”

云冈石窟按时间可分为三个阶段：

早期石窟：公元 460 年开凿（文成帝和平元年），主要是 16～20 窟，亦称为“昙曜五窟”。根据《魏书·释老志》记载：“和平初，师贤卒，昙曜代之，更名沙门统。初昙曜，以复佛法之明年，自中山被命赴京。值帝出，见于路，御马前衔曜衣。时以为马识善人，帝后奉以师礼。昙曜白帝：于京城西武州塞，凿山石壁，开窟五所，镌建佛像各一，高者七十尺，次六十尺，雕饰奇伟，冠于一世。”文中记述的开窟五所，就是“昙曜五窟”，从此揭开了云冈石窟开凿的序幕。16～20 窟形制就是为帝王造像（五窟象征着北魏初的五位皇帝）。洞窟以释迦牟尼为主，周围塑菩萨及弟子，佛的雕像有坐、立、交脚等。洞窟的主像高大健硕、伟岸挺拔（各佛像均高 15 米左右）、面相丰圆、高鼻深目、两耳垂肩、着半裸肩袈裟，沿袭了古印度的造像风格，显示出一种严谨、浑厚、质朴的造像作风。石窟平面为马蹄形、穹隆顶，外壁满雕千佛。昙曜采用“山前看山”的视觉艺术手法，突出表达了其造佛的主题思想，即皇权至上、佛法无边、佛教永恒。这种把雕塑技艺与传统思想、宗教理念有机结合，是云冈石窟艺术的精髓。图 2-4 所示为昙曜五窟之一。

图 2-4 昙曜五窟之一

中期石窟：公元 471～494 年是云冈石窟雕凿的鼎盛阶段，主要有第一、第二窟，第五至第十三窟。北魏迁都以前的孝文帝时期，是北魏最稳定、最兴盛的时期，云冈石窟集中了全国的优秀人才，以其国力为保证，历时 40 余年，进而雕凿出非常精美的石窟大像。第六窟中雕出 33 幅描写释迦牟尼从诞生到成道的佛传故事浮雕，此窟规模宏伟、雕饰富丽、技法娴熟、雕工细腻，是云冈石窟中期最有代表性的石窟之一。

中期石窟的主要特点如下：

(1) 题材多样化。造像的佛、人及佛经故事增多，如交脚菩萨、释迦、多宝、文殊等及供养人的出现，以及佛本生、因缘等佛经故事在窟中呈现。

(2) 洞窟形制多样化。有中心塔柱式(塔庙窟)、大像窟、佛殿窟、四壁三龛窟等，并将中国殿堂式建筑引进石窟开凿(如云冈石窟最大的第五窟佛像)。

(3) 造像布局创新。佛像更接近中国人的审美理念，突出了释迦、弥勒佛的地位，流行释迦、多宝二佛并坐像，出现了护法天神、伎乐天、供养人等。佛像面相丰圆适中、双耳垂肩、鼻直口方，表现出端庄、善意、优雅、含蓄的汉人美，特别是褒衣博带式的佛像盛行。

(4) 雕像艺术风格中国化。汉化的石窟艺术在佛教中全面出现，掀起了佛教石窟艺术中国化风潮。最典型的就是五华洞，即太和风格。五华洞所呈现的主题思想、雕工技艺都大异于早期石窟，雕刻造型追求工整华丽，从洞窟形制到雕刻内容和风格均有明显的汉化特征。石窟艺术中国化在这一时期起步并完成。这个时期的装饰图案(特别是藻井、穹顶等)，采用中国古典建筑元素较多。云冈石窟是石窟艺术“中国化”的开始。云冈石窟中期出现的中国宫殿建筑式样雕刻，以及在此基础上发展出的中国式佛像龛，在后世的石窟寺建造中得到广泛应用。

晚期石窟：公元 494 年北魏迁都洛阳后，大部分的石雕、绘画、建筑、宗教等艺人迁徙洛阳，云冈石窟大规模的开凿活动停止了，但凿窟造像之风在中下阶层官吏、权贵以及佛教信众中仍然蔓延，平城作为陪都仍是北魏佛教要地。图 2-5 所示为晚期石窟佛龛。这时大窟

图 2-5　晚期石窟佛龛

减少，中、小型窟龛从东往西布满崖面。主要分布在第二十窟以西，还包括第四、第十四、第十五、第十一窟以西崖面上的小龛，约有200余座中、小型洞窟。洞窟大多以单窟形式出现，不再成组。造像题材多为释迦、多宝或上为弥勒，下为释迦。佛像和菩萨面形消瘦、长颈、肩窄且下削，这种造像为北魏晚期推行“汉化”改革出现的一种清新典雅“秀骨清像”的艺术形象，它是北魏后期佛教造像的显著特征，这一特征和风格在龙门石窟北魏窟亦有表现，对中国石窟寺艺术的发展产生了深刻的影响。云冈石窟晚期的窟室布局和装饰，更加突出地展现了浓郁的中国式建筑风格，反映出佛教艺术“中国化”的不断深入。这种小窟小龛的雕凿一直延续到孝明帝正光五年（公元524年）。图2-6所示为第三十八窟“音乐树”。

从不同时期的石窟造像风格我们可以窥到：早期的“昙曜五窟”气势磅礴，具有浑厚、纯朴的西域情调；中期石窟则以精雕细琢、装饰华丽著称于世，显示出复杂多变、富丽堂皇的北魏时期艺术风格；晚期窟室规模虽小，但人物形象清瘦俊美，比例适中，是中国北方石窟艺术的榜样和“秀骨清像”的源起。此外，石窟中留下的乐舞和百戏杂技雕刻，也是当时佛教思想流行的体现和北魏社会生活的反映。

云冈石窟形象地记录了印度及中亚佛教艺术向中国佛教艺术发展的历史轨迹，反映出佛教造像在中国逐渐世俗化、民族化的过程。多种佛教艺术造像风格在云冈石窟实现了前所未有的融会贯通。它在我国三大石窟中以造像气魄雄伟、内容丰富见长。石窟有形制多样的仿木构建筑物，有主题突出的佛传浮雕，有精雕细刻的装饰纹样，还有栩栩如生的乐舞雕刻，生动活泼、琳琅满目，堪称公元5世纪中国石刻艺术之冠，被誉为“中国古代雕刻艺术的宝库”。图2-7所示为中期大佛之一。

图2-6　第三十八窟“音乐树”

图2-7　中期大佛之一

云冈石窟主要艺术特点如下：

(1) 悠久的历史，丰富的文化。云冈石窟有 1 500 余年的历史，开凿经历 60 余年，它像一部浩瀚的文献史册，又像一座博物馆(期间经历的战火、风化、盗掘、补修、保护、研究整理等)。它既是北魏的兴衰成败史，又是佛教的传播发展史；既是古代石窟开凿技艺的展览馆，又是古代政治、宗教、艺术、建筑等文化的教科书；既再现了我国第一个少数民族王朝(鲜卑族)的传统文化与技艺，也反映了汉族农耕文明的传播与发展。

(2) 宏大的造像，严谨的布局。云冈石窟的早、中期造像都是很大的(昙曜五窟、五华洞等 15 米左右高的佛像有十几尊，最大的佛像高 17 米)。第三窟是开凿空间最大的，其布局结构及形制在石窟雕凿史上也是罕见的。它前立壁高 25 米，东西宽 50 米(前庭面积 450 平方米)，采用中国传统建筑形式，据考证是北魏的灵岩寺，窟内可容 3 000 人，窟里的西洞、北壁平面为凹字形，塔庙窟布局，巧妙地利用了地形地貌，为云冈石窟布局的精品。云冈的双窟(同一前庭，同样形制、规模并相连的窟)，佛龛中的二佛并坐像均是中期常见的布局，表现了布局上的对称与完整性，它代表了北魏石窟艺术的最高成就。

(3) 精美的雕刻，多样的风格。云冈石窟的造像风格是由多种艺术风格混合而成的。也就是说，在云冈石窟中可以看到印度风格、犍陀罗风格、希腊风格、西域风格等。在北魏早期造像中，"褒衣博带"向"秀骨清像"转变，犍陀罗艺术与汉化艺术融合；而在中、晚期，雕刻的技艺中国化非常明显，风格多样化已经普遍，它的雕刻艺术继承并发展了秦汉雕刻艺术传统，吸收和融合了佛教艺术的精华，对后来隋唐艺术的发展产生了深远的影响，在我国艺术史上占有重要地位，也是中国与亚、欧国家友好往来、文化交流的历史见证。图 2-8 所示为穹顶精美的雕刻。

图 2-8　穹顶精美的雕刻

(4) 浩瀚的工程，综合的艺术。云冈石窟耗时长（约 60 年）、费用大（倾全国财力）、人才集聚是前所未有的。它是北魏的皇家工程（当时的超级工程），云冈石窟的开凿几乎涉及了当时所有的艺术行业，如雕刻、绘画、建筑、装饰、音乐、文学、舞蹈、书法、服装、园林等，它的每一窟都是多元的综合艺术品，如图 2-9 中壁画所示。

图 2-9 壁画

北魏帝王世系（公元 386～534 年）表见表 2-1。

表 2-1 北魏帝王世系表

庙号	帝王原名	年号	公元
道武帝	拓跋珪	登国(11) 皇始(3) 天兴(7) 天赐(6)	386～396 396～398 398～404 404～409
明元帝	拓跋嗣	永兴(5) 福瑞(3) 泰常(8)	409～413 414～416 416～423
太武帝	拓跋焘	始光(5) 神(4) 延和(3) 太延(6) 太平真君(12) 正平(2)	424～428 428～431 432～434 435～440 440～451 451～452
南安王	拓跋余	承平(1)	452
景穆帝	拓跋晃	恭宗(1)	452

续表 2-1

庙号	帝王原名	年号	公元
文成帝	拓跋睿	兴安(3) 兴光(2) 太安(5) 和平(6)	452～454 454～455 455～459 460～465
献文帝	拓跋弘	天安(2)	466～467
孝文帝	拓跋宏	延兴(6) 承明(1) 太和(23)	471～476 476 477～499
宣武帝	元恪	景明(4) 正始(5) 永平(5) 延昌(4)	500～503 504～508 508～512 512～515
孝明帝	元诩	熙平(3) 神龟(3) 正光(6) 孝昌(3) 武泰(1)	516～518 518～520 520～525 525～527 528
孝庄帝	元子攸	建义(1) 永安(3)	528 528～530
东海王	元晔	建明(2)	530～531
节闵帝	元恭	普泰(2)	531～532
安定王	元朗	中兴(2)	531～532
孝武帝	元修	太昌(1) 永兴(1) 永熙(3)	532 532 532～534

小知识

太武灭佛：太武帝拓跋焘，出于经济和宗教原因，在太延四年（公元 438 年）下诏，五十岁以下的沙门一律还俗服兵役，上自王公，下至庶人，一概禁止私养沙门，否则，诛灭全门。翌年，太武帝镇压盖吴起义时，在一所寺院发现兵器，怀疑沙门与盖吴通谋，下令诛杀全寺僧众，焚毁天下一切经书佛像，天下改信寇谦之的“天师道”（道教的分支）。太武帝自诩“太平真君”，他六年后驾崩，文成帝继位后复法（推崇佛教）。

第二节　云冈石窟各窟主要内容及艺术特点

云冈石窟各窟（由东往西排列）主要内容及艺术特点见表 2-2。

表 2-2 云冈石窟各窟主要内容及艺术特点

石窟编号	石窟内容	石窟艺术特点
1	因地下有空洞，敲之有咚咚声，又称石鼓洞。因窟中心有塔（高约5.7米）称塔庙窟，与2号窟共有一个庭，开凿于中期，窟内有石雕坐佛、交脚菩萨及浮雕佛经故事，如睒子本生、文殊问疾等	窟中佛经故事以“孝”感人，石雕人、佛、物上下连贯，动静相得益彰。塔窟相连的建筑结构为艺术精品
2	因洞内有泉水流出，又称“寒泉洞”，结构与1号窟相同，佛塔造像有二佛并坐等，壁雕有“太子较艺”等故事	窟中伎乐天演奏的表情及神态、使用的乐器等细腻传神
3	该窟分为前、后室，前室窟内雕有弥勒菩萨像，两边是方形佛塔，佛塔为三层，四面开龛造像。后室（北壁）雕刻“西方三圣”佛像。佛像造型表情可以看到初唐的印迹。传说是昙曜的译经楼，孝文帝迁都后该窟未完工	云冈石窟开凿空间最大的一座（立壁高25米，宽50米，两个明窗），洞窟的开凿罕见。造像面部丰满、圆润、慈祥，雕刻的纹饰、衣物等细腻、流畅、精美，是石窟的精品
4	开凿于晚期，未完工的塔庙窟，塔柱四周雕像，两侧开明窗。其窟中记载是石窟最晚开凿的，约公元525年	第四窟风化水蚀严重，南壁窟门上方有北魏正光年间铭记，是云冈石窟现存最晚的铭记。以此为界进入石窟中部
5	5～7窟前有木构楼宇四层五间，红柱碧瓦，高耸壮观，清代初年修复，窟内的雕塑进行了包泥彩绘，是云冈石窟的中心景区之一。窟中主坐佛高17米，是造像中最大的一座，仅中指就长2米，佛像面贴金，佛身彩绘，四周佛塑亦色彩艳丽，金碧辉煌。窟中以“三世佛”为主，有雕刻的佛像2 300余尊。传说此窟是孝文帝为纪念父亲所修建	这是云冈石窟的代表作品，从形制、布局、装饰到人、佛、物的表情、姿态、摆列都精心打磨、创作。雕像硕大、精美，反映了古代艺术家技艺精湛、心底虔诚，它可以称为北魏的艺术殿堂
6	与5号窟相同，窟高14米，中央塔柱达窟顶，四面开龛造佛，室壁为清代壁画，有罗汉拿法器，表现的却是民间故事。北面二佛并坐，窟内雕刻的乐器是最多的，约123件；南壁雕刻的故事画，是释迦牟尼从诞生到得道的佛传故事浮雕，内容连贯，构图精巧，是佛经连环画的精品；窟顶有三十三诸天及各种骑乘，令人目不暇接，多为云冈石窟的上乘之作。传说此窟是孝文帝为其祖母所修建	此窟堪称云冈之最，雕刻艺术达到顶峰。佛像富丽堂皇、雕刻精美，佛龛、佛塔、佛窟与建筑、宗教、艺术完美结合。其中的宗教故事像叙事长诗，情节生动、离奇，哲理性强，是现存最早的宗教石雕连环画，是云冈石窟中有代表性的一窟，也是中期造像艺术汇集的大检阅
7	与8号窟组成双窟，开凿于中期。窟前建有三层木构窟檐（清初始建），窟内分前、后两室。后室正壁上层刻有菩萨坐于狮子座上。东、西、南三面壁上，布满雕刻的佛龛造像，南壁门拱上的6个供养菩萨，形象优美逼真。窟顶中为团莲，周雕飞天。飞天生动活泼，各以莲花为中心，盘旋飞舞，舞姿动人，把整个窟顶装饰得花团锦簇	在前期开凿的基础上，进行了艺术创新，将印度佛窟建筑技艺与中国殿堂建筑相结合，从形制、题材、风格等方面进行了大的改变，加入了汉文化元素，风格古朴、典雅。第七、第八窟与前期窟群比，折射出了北魏社会变革的洪流
8	同7号窟，但窟前建筑损毁，窟内两侧有五头六臂乘孔雀的鸠摩罗天，东侧刻有三头八臂骑牛的摩醯首罗天，是古印度教三大主神之一，佛龛造像中出现了鲜卑人的形象，这种雕像在云冈极为罕见	汉与外族文化进一步融合，如饕餮、狮子、弓箭等在佛龛中的形象与中国人的传统审美一致，而南壁中六美人的衣装、形态则有鲜卑人的影子
9	开凿于中期，与10、11、12、13号窟是典型的前后佛殿窟，并称“五华洞”，这五窟因清代施泥彩绘而得名。窟前是7根高大的塔柱，每面雕刻千佛龛，柱下是狮子、大象承托，是汉唐化的佛教建筑。在西、北壁雕有6幅睒子本生的故事	此窟是云冈石窟太和风格的代表，每一处都是精雕细琢，加上清代的赋彩修复，更显明快、奢华、靓丽、细腻
10	与9号窟同时间、同风格开凿，前室雕刻的须弥山，有各种动物，生机勃勃，特别出现了龙绕山腰景象。东西壁有儒童本生的故事，后室佛像色彩艳丽，佛龛故事完整，图案雕刻内容和谐、活泼、世俗	雕刻构图多变、精巧，宫殿华丽，把宗教故事、教义与世俗结合在一起。辽代曾在此兴建崇福寺

续表 2-2

石窟编号	石窟内容	石窟艺术特点
11	是塔庙窟，窟中共有直达窟顶的方形塔柱，窟内佛龛由几个规模不等的佛像组成。正面菩萨像保存完好。窟周壁佛龛上满刻凌乱造像和小佛。窟顶的两条龙活灵活现，造型生动	这里有三个时期不同的雕刻风格（在同一佛龛出现），东壁的碑记文字是云冈石窟最早、最长的魏碑体（有336个字）
12	开凿于中期（太和年间），前、后室佛殿窟。前有八角廊柱四根，三间殿堂，柱、础、檐、栏、斗等均有石刻，前室北壁下拱门，上明窗雕刻伎乐天形象，生动传神，华丽夸张，号称“音乐窟”。后室佛龛左右对称，规整固化，但损毁严重	伎乐天手执弦管、打击乐器，神情迥异，形象生动。他们手中的排箫、箜篌等古典乐器十分珍贵，是研究我国古典音乐的重要资料
13	穹窿顶大型窟洞，开凿于中期（太和年间），正面是13米高交脚弥勒菩萨像，左臂与腿之间雕有一托臂力士像，这是云冈石窟仅有的一例。南壁的七立佛、东壁的供养天人是云冈石窟的精品，集艺术之大成	雕塑的佛、人气宇轩昂、高大伟岸。褒衣博带的袈裟飘逸、华丽、娇艳，展现了超凡脱俗的天人合一形象
14	开凿于晚期，前、后室佛殿窟，前室有两根方柱，东西壁不对称，后室有三层浮塔雕。均因风化佛像损毁严重	佛像中有胡跪状，虔诚、凝重，是晚期的上乘之作
15	晚期开凿，云冈石窟中小佛窟的精品（称万佛洞，有9800尊佛），北壁上、下两个佛龛，上雕交脚弥勒菩萨，下有二佛并坐像。西面有人为盗损的佛像，佛头流失海外	西壁雕刻是该窟的精华，浮雕线条流畅、细腻，生活气息浓郁
16	16～20号窟是云冈最早的洞窟（称昙曜五窟，均为穹窿顶大像窟），北壁主佛释迦牟尼像13米高，面英俊、圆润，褒衣博带，脚踏莲花。洞窟四周千佛排列，造型各异。东壁二佛并坐	五座佛像造像形制统一，佛像高大、雄伟、挺拔、和善，有帝王特征。雕刻风格朴实、敦厚、大气。褒衣博带的装束是汉文化艺术的再现，它引领了佛窟造像的风格
17	大像穹窿顶，南壁内雕三世佛，北壁是交脚弥勒佛（高15.6米，是云冈弥勒造像中最大的一尊），双臂缺失，其面、衣、饰、身多是古印度风格的佛像。东西壁一坐一立佛，佛像边是供养天人雕像，身穿鲜卑服饰，胡跪状，是早期雕刻造像模式	佛像边的供养天人栩栩如生，尤其是鲜卑妇人婀娜多姿、端庄秀丽，是生活的真实描绘，从中我们可窥见北魏王朝的政教和文化
18	早期佛窟，下拱门，上明窗，但它是早期雕刻内容最丰富的石窟。北壁雕有15.5米高立佛，面相饱满，两耳垂肩，半袒露肩，袈裟上雕刻小佛。东西壁两尊立佛，与大佛组成三世佛。大佛周围是十大弟子（五尊残损），另五尊刻画细腻，同时可看到印度、鲜卑族和中华文化的遗存，是全新理念的造像，对后世的雕刻思想、技艺影响较广	高超的雕刻技艺，改变了佛像比例，主要是仰视时视觉上放大佛像，使其雄伟、高大，体现出对佛的崇拜、敬重、虔诚
19	主像是三世佛，窟中的释迦牟尼坐像高16.8米，是云冈石窟中的第二大像。四壁雕满小佛像，窟外东西凿出两个耳洞，各雕一高8米的坐像。南壁有一幅“罗睺罗父子相认”浮雕故事，表现释迦牟尼浓浓的亲情	表现主佛的倾情、慈悲，供养人的虔诚、膜拜，正是雕刻艺术家的精神理想和艺术追求
20	云冈石窟露天大佛（是其景观代表作品，原大佛前檐在辽代坍塌），主佛高13.8米，面相圆润、丰颐，露出喜悦、自信和慈善。背面的纹饰雕刻起到了烘托、朝觐向佛的作用。东西各雕一立佛，与主佛构成三世佛	“昙曜五窟”将佛教、建筑、艺术、情感等融合在一起，形成了犍陀罗艺术。以道武、明元、太武、景穆、文成五帝为楷模，雕刻五尊大像。这五窟规模宏大，气魄雄伟。形制上的共同特点是外壁满雕千佛，大体上都模拟椭圆形的草庐形式，无后室。造像主要是三世佛，主佛形体高大，占窟内主要位置。它的造像体现了皇权政治，宣扬着宗教与皇帝的至高无上，表达了鲜卑族强悍自信、开疆拓土、统一中华的理想

续表 2-2

石窟编号	石窟内容	石窟艺术特点
21	佛殿窟四壁开龛造像，三壁露天，北壁龛内雕释迦、多宝二佛坐像。东、西壁石刻部分已损毁	二佛并坐是云冈石窟造像的主要内容(约400幅作品)
22	单室方形窟，高3米，北壁雕释迦、多宝二佛，龛楣有七尊坐佛。其他仅存零星雕品	佛像面容清秀，反映了晚期石窟造像艺术
23	四壁三龛窟(23～26号窟，28、33、34、35、37、40、43、44号窟均是)，仅存北壁释迦、多宝二佛坐像，西壁残存立佛二尊。晚期作品	佛像细颈、削肩、瘦面，雕刻细腻，尤其是纹饰(如火焰纹、莲花等)生动传神
24	东壁与23号窟连通。东、西壁有残存的浮雕，仅顶部有中心莲，四边是8个飞天女	穹顶飞天造型各异，雕刻的面容清秀、神采飞扬
25	窟约9平方米，西壁雕结跏趺坐佛，龛楣雕七坐佛，窟顶二龙戏珠。晚期融入中国文化的代表作品	窟顶雕刻舒展、灵动，表现出佛国世界的欢乐
26	窟约5平方米，北壁为释迦、多宝二佛，东、西壁对称雕刻	窟顶莲花、飞天天地合一，欢天喜地
27	四壁重龛窟(三壁上、下重龛雕像)，29、30、36、38号窟均是。约15平方米，窟高5米，北壁并列三龛。东壁佛像被盗，损毁严重	北魏晚期的工匠力求在小的佛窟中表达出丰富的思想和技艺
28	约5平方米，北壁残损，西壁有结跏趺坐佛，佛龛左、右有“白马吻足”“逾城出家”的佛教故事	佛经故事感人
29	晚期较大、保存较好的洞窟，南壁立佛俊秀、细眉，衣纹单淡，北壁菩萨体态修长、斯文、安静	窟顶的团莲、飞天、伎乐天等变身、舞动、飘逸，再现佛国的欢悦
30	西壁龛有一坐佛和供养菩萨造像，南壁有“白马吻足”“降魔成道”的故事，窟顶同29号窟	西、南壁残存的雕刻作品是晚期的代表作品
31	晚期唯一的前、后室佛殿窟，规模较小(共约60平方米)，前室佛像损毁严重，西壁佛殿中开凿小窟，是修禅者的修行地，后室分层布龛，有许多佛经故事	晚期供养人的世俗生活有所体现，其服饰、修行、仪容都有着浓郁的生活气息
32	13平方米的佛殿窟，未完工	
33	北壁圆拱龛雕释迦、多宝二坐佛，龛外的菩萨雕像是晚期的精品。西壁有佛经故事和礼佛图	雕像中的佛有胡人的面容，人物表情生动传神
34	洞窟损毁，龛像外露，北壁雕释迦、多宝二佛，西壁雕一坐佛	西壁的飞天像是晚期雕刻典型代表
35	云冈石窟西区较为完整的洞窟，门拱的题记记叙了北魏延昌年开凿佛龛的事情。明窗的东、西壁有三头六臂明王像，有“涅槃图”和“舍身饲虎”的故事。南壁分层雕刻有“降魔成道”“降服火龙”等佛经故事	佛龛对称布局，雕刻手法多变，精雕细琢，是晚期石窟艺术的精品
36	北壁圆拱内雕坐佛，西壁分层布龛	供养菩萨体态优雅，雕刻手法娴熟
37	北壁雕交脚菩萨，东、西、南壁有“乘象投胎”“商人奉食”“文殊问疾”等多个佛经故事	窟中的佛经故事感人，像“掷象成坑”等内容第一次出现
38	洞窟小(仅2.5平方米)，内容丰富，是晚期石窟的代表。北壁二佛并坐，四周特别是“百戏”及东、西壁的“音乐树”是其表现的精华，配以佛教故事图更加生动传神。北壁“幢倒乐神”浮雕，是研究北魏杂技的形象资料	石窟中再现了我国古代乐器、戏曲、舞蹈等音乐艺术，是研究北魏音乐的重要史料，也在云冈石窟中占有一席之地

续表 2-2

石窟编号	石窟内容	石窟艺术特点
39	晚期唯一的塔庙窟，塔为五层，下大上小，成梯形。塔龛有各异的小佛	窟内的佛塔是我国珍贵的古建筑艺术资料
40	窟内交脚佛、菩萨等像损毁严重	
41	窟中的佛经故事采用连环画的形式，介绍了释迦牟尼的一生	主题突出，生动典型地概括了释迦牟尼的一生
42	单室窟，风化损毁严重	
43	北壁雕圆拱龛，有一坐佛二交脚菩萨	
44	风化损毁严重，仅可辨认出佛像轮廓	

注：45 号窟及其他小窟亦风化损毁严重，仅可辨认出佛像轮廓。

图 2-10 所示为礼佛大道，图 2-11 所示为五华洞前建筑。

图 2-10　礼佛大道

图 2-11　五华洞前建筑

小知识

键陀罗艺术：键陀罗是古印度国名，在今巴基斯坦白沙瓦东北。早在公元1～2世纪塑造了最早的佛像，它的艺术兼有古印度、希腊风格，它对南亚及周边的佛教艺术产生了影响。

伎乐天：伎乐天是佛教中的香音之神。在敦煌壁画中伎乐天亦指天宫奏乐的乐伎。佛教的“天”，不是自然的天，是诸情界中最高最优越的地位，能获得种种享受，但仍未脱离轮回，一旦前业享尽，则重新堕入轮回之中。

供养人：佛教中对虔诚佛教徒的称呼，供养分为财、法两种，财是以香花、灯明、饮食资助，法是弘扬佛教、传教授意。通常在佛教领域出钱、物、力者，要在寺庙的一些地方记载供养人。

第三节 铜器錾刻工艺

大同铜器久负盛名，历史悠久，特别是北魏以来，随着大批石雕艺人的涌入，大同的铜器錾刻技艺长足发展，从事铜器加工、錾刻的“匠人”与日俱增。他们的铜器錾刻工艺精湛、品种繁多、造型美观，历史上有“五台山上拜佛，大同城内买铜”之说。明、清时期大同的铜器已畅销全国，特别是蒙古族的餐饮及生活用具，许多都是来自大同的铜器工艺品，蒙古、回、满等族商人来大同时都要把它作为高档礼品带回。当时，錾铜工艺品已成相当规模，分工日益明细，钟楼街制铜作坊已达数十处，城中有“铜匠街”，有一些成为雁同及蒙汉周边地区的名店。图2-12所示为古老铜器焊接工艺守艺人正在以古法制作铜器。

图2-12　守艺人以古法制作铜器

大同的铜器主要是将铜的原材料加工成生活、祭祀等器具，运用錾刻的技艺，使其既是生活实用品又是工艺品，按用途可分为四类。

(1) 餐饮：铜火锅、铜锅、铜壶、铜盆、铜瓢、铜勺等，如图 2-13 所示。

图 2-13 铜制餐具

(2) 祭祀：铜鼎、铜香炉、铜佛、铜钵等。

(3) 工艺品：铜画、铜饰品、铜制文房用品等。

(4) 其他生产、生活用品：农具、马车配具、烟袋、锁、灯具、建筑装饰等。

錾(zàn)，在《说文解字》中的解释为："錾，小凿也。从金，从斩，斩亦声。"錾刻就是用各种錾子、锤头、砧子等，利用金属的延展、冶炼等性质，对金、银、铜等原材料进行加工的传统手工技艺，它是随玉、石、骨器等雕刻技艺演化而来的。从出土的商周青铜器、金银器上的一些錾刻文、镶嵌等文物标本可知，这种技术至今已有千年的发展历史。錾刻的操作工艺是在设计好器形和图案后，按照一定的工艺流程，以特制的工具和特定的技法，在金属器物上应用平雕、浮雕、圆雕等雕刻技艺加工出千变万化的图案。大同的铜器制品以实用为主，也就是大都离不开的生活之需，往往在此基础上进行艺术创作，多数器物表面都有錾刻，而纯錾刻艺术品较少。图 2-14 所示为大同铜器錾刻车间。

大同铜器錾刻工艺主要是平雕和圆雕两种。平雕是在器物的表面进行创作，如大器型的锅面里外，有花草、鸟及山水等；小的扣子、挖耳勺上有吉祥图案、文字等。圆雕又称立体雕，实际上铜器的制造过程就是广义上的圆雕创作过程，只不过它的雕件是生活实用品。圆雕要求雕刻者从前、后、左、右、上、中、下全方位进行雕刻。由于圆雕作品极富立体感，生动、逼真、传神，所以圆雕的选材要求比较严格，从长宽到厚薄都必须具备与实物相适的比例。

"打坯"是圆雕中的第一道工序，也是一个重要环节。打坯的目的是确保雕品(铜器)的

图 2-14 大同铜器錾刻车间

各个部件能符合严格的比例要求。圆雕要求作品的各个角度和方位和谐统一，只有这样，圆雕作品才经得起观赏者全方位的鉴赏。完成一件精美的錾刻作品需要十多道工序（主要有设计、压模、卷边、注胶、錾刻、焊接、镀模、抛光等），工匠除了要有绘画、文化基础外，还要有得心应手的錾刻技艺。

大同铜火锅是最能体现大同錾铜工艺水平的物件之一，其艺术特色有：

(1) 造型美观合理。它的底盘、锅身、火座、铜盖、火筒和小盖等缺一不可，多一繁缛。其造型或像官帽，或像灯盏，或像剑柄，都形神兼备，寓意深含，让人赏心悦目。官帽象征着高升，灯盏象征着明亮，剑柄象征着奋斗和主宰。

(2) 图案精美。在底盘、锅身、锅盖和小盖上，都有“龙凤呈祥”“喜鹊登梅”“八仙过海”“花鸟山水”等图案。这些图案把中国人传统的喜庆祝愿展现在金属上，边品美味边赏美画。錾刻精美的图画配上吉祥的话语、祥瑞的符号更显得美不胜收。

(3) 工艺精湛。火锅生产工序复杂，主要的艺术成就体现在工艺上，它要经过设计、打坯、铸造、焊接、镀锡、錾花、抛光等多道工序，錾刻的工艺有阴阳錾、平錾、镂空等。其工艺的基本技法包括勾、落、串、台、压、采、丝、戕等，是最能体现千锤百炼、千辛万苦、千变万化的，它的细腻精巧是常人难以想象的，如睫毛、沙粒、花脉等，需要从业者以毕生的心血练就。正是由于錾刻的复杂和困难，因此加工一件錾刻工艺品往往需要很长时间。

1973 年秋，法国总统蓬皮杜来大同访问时，周恩来总理把“九龙奔月”铜火锅（图 2-15）赠送给他。此铜火锅根据大同九龙壁的图案，采取了镶嵌、浮雕与勾线相结合的錾铜工艺制成，构图奔放洒脱，布局匀称细腻。锅身九条龙腾云吐雾、栩栩如生、神态各异，似九龙空中争先奋进，奔向月亮，喻示着中国人民上天揽月、不畏艰险、屹立世界的决心与勇气。同时，它既展现了大同錾铜工艺的精湛与历史，又表现出了大同的餐饮文化内涵。它的配饰部分以祥云、兰花等寓意吉祥的图案组成，表达了中国人民对法国人民的美好祝愿。此后，大同铜火锅蜚声海内外。

宫廷御锅（贵姬锅）如图 2-16 所示，是明、清皇家餐具，纯手工制造，浮雕、平雕、圆雕技艺精湛，造型优美。上面（盖子）浮雕的是“龙凤呈祥”，锅体是镂空的祥云。一是衬托龙凤在祥云中飞翔，有腾云吐雾、游刃有余、大展宏图、良宵美景的寓意，加上冬天火锅的热气，寓意更加明显，有美味、美餐（餐具）、美事、美人的相伴，悠哉乐哉。二是结构设计合理，尤其是锅体的镂空使空气能完全进入，既能保证炭火的充分燃烧，又能看火、加火、烤火自如。整体像清代官员的帽子，是封建上流社会人们梦想得到的东西，也是加官晋爵的象征。因此，它作为礼品是最有寓意和实用性的。

图 2-15 “九龙奔月”铜火锅

图 2-16 贵姬锅

铜制九龙壁是一件纯粹的錾铜工艺品，它按大同九龙壁建筑缩比，以手工锻打、焊接、磨光、镀金等多道工序制作完成，如图 2-17 所示。它是大同铜錾刻工艺的精品，主要体现在工艺上。作者娴熟地应用了錾刻工艺技法，浮雕九条龙形态各异，其精细到龙须飘然，龙爪清晰有力，毛衣针粗细的栏杆上小狮子圆雕得活灵活现，龙壁檐层次分明，砖、瓦棱角突出，可见作者錾刻的功夫和手指技巧已达到炉火纯青。通常因不同艺人指法技巧的差异，錾刻出的每件图纹均不相同，这也是手工錾刻工艺与其他现代工艺相比所具有的独特之处。作品既保留了原建筑的风貌，有大同的地方历史元素，又展现了平、浮雕的精湛錾刻技艺，造型优美、古朴典雅。

大同铜器錾刻产品在国内外享有良好的声誉，是宾馆、饭店、家庭最适用的产品，也是馈赠亲友的理想礼品。大同铜器在 20 世纪八九十年代发展到鼎盛，其生产能力、技术力量、

图 2-17　铜制九龙壁

生产设备都达到相当规模。产品远销 20 多个国家和地区，人民大会堂、钓鱼台国宾馆以及国内其他高档宾馆都在使用，曾荣获中国工艺美术“百花奖”和“希望杯奖”。大同铜器制作技艺 2014 年列为国家级非物质文化遗产。在中国几千年的历史长河里，有许多璀璨的工艺，流传到现在的技艺越来越少，大同的铜器錾刻生产面临着种种困境，但是，美好的东西不应该消失在这个满是机械流水线的现代社会里。传统工艺是历史和文化的载体，大同铜器錾刻工艺承载着历史，也续写着美好的未来。

第四节　丰富多彩的雕塑艺术

大同的雕塑除了石雕以外，其他种类也很多，主要在民间流传，其艺术品位参差不齐，但都有着广泛的群众基础和悠久的历史，如砖雕、煤雕、木雕、面塑、绢人、琉璃雕品等。

大同地区生产陶瓷已有 1 400 多年的历史，从市博物馆陈列的历史出土文物考证，陶瓷制造业兴盛于唐、宋。北魏、辽、金都城的确立及明清戍边、商贸人员的增加，使大同的餐饮业、宗教事务发展较快，加上煤炭开发利用扩展，因此，陶瓷业兴旺起来。北魏太武帝时，大月国商贩来平城铸五色琉璃，光泽美于西域。唐代陶瓷有“南青北白”之称，其中浑源、怀仁的白瓷居名窑之列。从业人员的技艺不断提高，大同的煤峪口、怀仁的吴家窑等地普遍建有陶瓷厂，生产的陶瓷以民用餐具及少量的艺术瓷为主，如绳边碗、荷口盘、提梁壶、佛像、瓷摆件等(老大同人家聘姑娘、喜事送礼多选大花瓶摆件)。这些产品的特点是瓷质优良、设计新颖、品种繁多、造型美观。

明、清之后，大同的龙壁制作兴起，在王府、寺庙等处均可见到，有“龙壁之城”美誉。现存大型龙壁 13 座，主要用琉璃、瓷、砖等材料雕铸，现存有市内东街九龙壁、青磁窑观音堂三龙壁(图 2-18)等。它一般用作建筑物的照壁,既可作为院落建筑的屏障,又能烘托出建筑物的肃穆和华丽。公元 1392 年,代王朱桂在大同建造了规模宏大的王府,同时修建了九龙壁作为影壁。九龙壁东西长 45 米,高 8 米,厚 2 米,是中国现存规模最大、年代最早的琉璃瓦龙壁。壁上有不同形状、颜色的九条龙,两侧是日月图案。龙的间隙由石、火、草、云、水等组成,喻示着龙可以在其中遨游、奔腾。壁座高 2 米,为须弥座,雕有 41 组二龙戏珠图案,厚实稳定。壁顶琉璃瓦与斗拱构成中国传统的殿堂式建筑。九龙壁前原有龙泉,泉水掩映下的龙壁倒影似蛟龙戏水、真龙腾跃,堪称中国龙壁之首。

图 2-18 观音堂三龙壁

大同的砖雕(图 2-19~图 2-22)多见于民居,主要集中在影壁、大门上。据 2004 年统计,全市约有 550 座古砖雕影壁,它们就像一座砖雕博物馆,使大同的砖雕之都名副其实。大同的影壁有着非同寻常的审美意义。其所展示的既是主人的精神家园、文化修养追求,也是主人告诫后人怀德志远、齐家卫国的理想;既是民居建筑结构的组成部分,也是砖雕技艺的展示橱窗;既是祈福、镇宅、祭祀的地方,也是居家休闲、贪玩、纳凉之地。民居影壁的主要图案有:

(1) 花草寓高洁的兰花、荷花、牡丹、梅花、松枝、竹子等。

(2) 祈福警示的字句:福禄寿喜、名篇名句、风水拆字等。

(3) 动物寓意和谐美满:蝙蝠、鸽子、龙、麒麟等。

(4) 故事图绘:教子、孝敬、勤劳、读书等历史典故。

(5) 山水风景。

图 2-19　精美砖雕(一)

图 2-20　精美砖雕(二)

图 2-21　精美砖雕(三)

图 2-22　精美砖雕(四)

煤雕是大同独具特色的雕刻品种,煤矸石经大同民间艺人精雕细刻后成为栩栩如生的艺术品,如图 2-23 所示。大同煤雕艺术家创作的影雕作品,同黑白摄影作品一样逼真传神,称为刻在煤上的相片。它们涉及题材广泛,有历史故事、人物、花鸟、名胜等。

图 2-23　煤雕作品

大同的木雕以古建筑应用最多,在椽、柱、梁、窗、门等部位都有雕刻作品。而饰品摆件则以当地的野山木根做原料创作而成,如黑圪檩、松柏木、野果木等,很多以动物、人物为题材。木雕、煤雕成为大同文化艺术享誉世界的名片。

大同的面塑习俗产生于元朝末年。当时,大同地区的人民深受异族压迫,时常起来反抗元朝统治者,后来起义队伍逐步发展壮大,为了秘密地传递信息,就在七月十五家家户户互赠面人,暗藏在面人肚里一个纸条,告诉对方在八月十五这一天举行起义。因此,大同地区留有“七月十五送面人,八月十五杀鞑子”的俗语。明朝统一中国后,为了纪念七月十五这个日子,仍然赠送面人以图吉利。很多家庭主妇喜欢在面人上精雕细刻,借以炫耀自己的心灵手巧,博得对方夸奖。现在面塑制品成了婚庆、祝寿、祈福等必不可少的物品。大同面塑制品装点着人们的生活,为雁同人增加了喜庆、吉祥。

第三章 建筑艺术

大同建筑艺术的主要特点是：精美与雄伟并存。悬空寺、应县木塔是我国古代建筑艺术精美的典范；华严寺是我国现存最大的辽、金建筑群，它是我国辽、金历史的“化石”，它的精美程度无与伦比；长城、古城、古堡是雄伟的化身，它完备的军事建筑及厚重的戍边文化，堪称世界奇迹。

第一节 精美建筑艺术

一、悬空寺

悬空寺位于浑源县恒山金龙峡峭壁，始建于北魏太和十五年（公元 491 年），迄今已有 1 500 多年的历史，是国内现存唯一的佛、道、儒“三教合一”的寺庙。“悬”是道家的“玄”（也称玄空寺），悬亦是摇摆、孤单，悬又是当地方言的“炫”（优秀、技能超强）。“空”是佛家追求的最高境界，空亦是凌空、腾空。整座寺院上载危崖，下临深谷，楼阁悬空，结构巧妙。悬空寺距地面高约 60 米，最高处的三教殿离地面 90 米，因历年河床淤积，现剩 58 米。图 3-1 所示为悬空寺全景。

图 3-1 悬空寺全景

悬空寺继承了我国的建筑传统和建筑风格，其建筑艺术特色主要有：

(1) 精心的设计规划

悬空寺在翠屏峰峭壁上。翠屏峰面朝金龙峡的一面像一口锅，锅里就是悬空寺。悬空寺悬挂于石崖凹间，石崖顶峰突出部分好像一把伞，使古寺免受雨水冲刷和山石的砸毁。寺下的洪水泛滥时，也免于被淹。四周的大山也减少了阳光的直射时间(每天平均日照两小时)。为了躲避金龙峡的峡风对寺庙的侵蚀，悬空寺建成南北向，寺门朝南，以西为正(既符合佛教理念，又躲过了峡风的直吹)，悬空寺正好处于金龙峡上、下游几处大转弯的地方，强大的山梁削减了风势。科学的选址规划、优越的地理位置是悬空寺能完好保存千年的重要原因之一。

(2) 精巧的布局结构

悬空寺整体布局巧依崖壁凹凸，审形度势，顺其自然，凌空而构。虽然挂在山壁上，建造者将平面寺庙布局立体化，在有限的空间因地而为，或架或叠建起了大小殿堂楼阁 40 余个(包括 11 个佛教殿，5 个道教殿，1 个三教合一殿)。南北对峙的两座阁楼，三面环廊，有暗道、石阶、回廊、栈桥凌空相连，迂回迷离，但分散中有联系，错落中有对称，倚山而建的阁楼均是因地布局，因形结构，层次、空间、大小没有臃肿、稀疏之感，画面布图美不胜收。6 座殿阁相互用栈道连通，曲径通幽。40 余间殿堂，由低向高，几层叠起。整个寺庙布局有山门、钟鼓楼、大殿、配殿、经阁等(最大的三官殿有 24 平方米，塑像高达 2 米)，全于一般的寺庙。在进门口建了钟鼓二楼、大殿、配殿等，还有 20 平方米的院落，布局小巧玲珑，如雕似刻，像盆景镶嵌在石壁上，精巧布局，登峰造极。图 3-2 所示为悬空寺飞梁。

图 3-2　悬空寺飞梁

(3) 精湛的综合工艺

悬空寺是集建筑学、力学、美学、宗教学等为一体的古建筑，是各类工匠技艺的展览馆

(主要的工匠有石匠、瓦匠、木匠、油匠、画匠、铁匠、银匠等十几种)。悬空寺空中建寺,依照当时的科技水平,施工难度非常大,今天看来不可想象。20世纪80年代经考古发现,古人是先修栈道,由低到高延伸到寺庙区。栈道的飞梁制作是用桐油浸煮,在飞梁的前端放楔子,打进飞梁后楔子膨胀锁住飞梁。飞梁是当地的铁杉木,飞梁上是龙骨架,然后铺上架板运输材料。飞梁与木柱形成支撑的三角形,保证上面建筑物的稳定。悬空寺每一处都体现了能工巧匠的精湛工艺,丰富多彩的屋檐有单、重、三层檐,屋顶有正、垂、戗脊等,巧妙地形成了窟、楼、屋榫卯结合。有些木梁、柱、椽等结构既在意料之外,又在情理之中,形成了悬空寺独特的艺术景观。悬空寺中的80余尊造像,有石雕、铜铁铸、木雕、泥塑等,非常精美传神,更是工匠们高超技艺的集中展示。

独特的建筑形式和令人匪夷所思的古代人类智慧,使悬空寺这一古老华夏文明的奇葩熠熠生辉。整座寺院以"奇、险、巧、奥"为基本特色,体现于建筑之奇、结构之巧、选址之险、文化多元、内涵深奥,可谓超常脱俗。明代徐霞客在《游恒山日记》中对悬空寺的描述是:"西崖之半,层楼高悬,曲榭斜倚,望之如蜃吐重台者,悬空寺也。"并认为悬空寺为"天下巨观"。远望悬空寺像一幅玲珑剔透的浮雕镶嵌在万仞峭壁间,近看殿阁大有凌空欲飞之势,令人叹为观止。

二、华严寺(又称上下寺)

华严寺位于大同市西街,是我国现存最大的辽、金建筑群。它依据佛教华严宗的经典《华严经》而得名。寺内主要建筑有大雄宝殿(上寺)和薄伽教藏殿(下寺),其建筑、塑像、壁画等,都是我国辽、金艺术的精品。1961年被国务院公布为全国重点文物保护单位。图3-3所示为华严寺大门。

图3-3 华严寺大门

上华严寺是以大雄宝殿为主体的一组建筑，始建于辽清宁八年（公元1062年），辽保大二年（公元1122年）毁于战火。金天眷三年（公元1140年）在旧址重建，以后历代予以修补。大殿是我国现存辽、金时期木构宗教单体建筑规模最大的，仅屋顶的筒瓦每个重27斤，顶脊的琉璃鸱吻高5米，是我国古代建筑屋顶最大的镇物。大殿面积1 559平方米。大堂比常规的同面积建筑物少用12根木柱，增加了礼佛活动的空间。殿内佛坛上塑有五尊佛像，人称“五方佛”（图3-4）。正中三尊为木雕，其余二尊及其他胁侍菩萨都是泥塑。佛坛两侧各塑十尊诸天像（护法神），神情各异，身躯前倾。殿内四壁布满清代绘制的21幅巨型壁画（875平方米，5 000余人物，是释迦牟尼生平连环画），色彩艳丽、金碧辉煌，仅次于芮城永乐宫。

图3-4 华严寺“五方佛”

下华严寺坐落于上寺的东南侧，以辽代建筑薄伽教藏殿为主。“薄伽”是梵语，意为“世尊”，是佛的称号。薄伽教藏就是释迦牟尼的经典教藏，薄伽教藏殿自辽代中叶以来，就是华严寺的藏经殿。薄伽教藏殿建于辽重熙七年（公元1038年），建筑结构严谨、形制稳健。殿内四壁排列重楼式木雕藏经阁38间，殿后壁正中间悬一天宫楼阁。这些精巧玲珑的木构榫卯最复杂的斗有17种，37种不同图案的勾栏板镂空剔透，增强了壁藏的艺术感染力。下华严寺对于研究我国古代建筑艺术具有重要的科学价值，我国著名建筑学家梁思成称其为“海内孤品”。殿内完整地保存着31尊辽代塑像。最为经典的一尊塑像（合掌扭头、露齿菩萨南侧女塑像）体态袅娜、矫健动人，是少数民族少女的化身，艺术价值最高。

三、应县木塔

应县木塔全名为佛宫寺释迦塔，位于应县城内金城镇，建于辽清宁二年（公元1056年），金明昌六年（公元1195年）增修完毕，迄今已有960余年的历史。它是我国现存最古老、最高大的纯木结构楼阁式建筑，是我国古建筑中的瑰宝。在建筑技艺上它与法国的埃菲尔铁塔、意大利的比萨斜塔齐名，被世人称为“世界三大奇塔”。1961 年被国务院公布为全国重点文物保护单位。图 3-5 所示为应县木塔全景。

图 3-5 应县木塔全景

传说木塔是辽景宗皇后（萧太后，萧绰）为家乡而造，塔中有其家族成员画像。几十位皇帝、名人曾登临观瞻，现存 58 面匾联，如明成祖朱棣的“峻极神工”等。塔内各明层都有塑像，共计 26 尊。其中一层回廊内佛坛上一座高约 11 米的释迦牟尼金身塑像，是我国目前发现的最高大的室内木骨泥塑。一层门侧、门额及内壁等处绘有壁画，反映了辽代雕塑、绘画艺术的水平。

佛宫寺释迦塔高 67.31 米，底层直径 30.27 米，总重量约 7 400 吨。木塔在设计构造上匠心独具，塔身为楼阁式，平面为八角形，外形五层六檐。各明层间夹设暗层，实为九层。结构上采用刚柔相济双层环形套筒空间框架，暗层为塔的刚体部分。底层扩出一圈外廊，称为“副阶周匝”，与底层塔身的屋檐构成重檐，所以共有六重塔檐。底层的重檐处理更加强了全塔的稳定感。由于塔建在 4 米高的两层石砌台基上，内、外两槽立柱，构成双层套筒式结构，柱头间有栏额和普柏枋，柱脚间有地伏等水平构件，内、外槽之间有梁枋相连接，使双层套筒紧密结合。暗层中用大量斜撑、斗拱组成框架，结构上起圈梁、铁箍作用，加强木塔结构的整体性。全塔没用一个铁钉子，全靠构件互相榫卯、勾连、咬合、搭垒结合在一起。全塔共使用 54 种不同形式的斗拱，种类之多实属国内罕见，被世人称为“斗拱博物馆”。

应县木塔大胆继承了汉、唐以来富有民族特点的重楼形式，充分利用传统建筑工艺，广泛采用斗拱结构（图 3-6），每个斗拱都有一定的组合形式，体现了力与美的结合。它的斗拱叠加像一朵朵花瓣盛开，“远看擎天柱，近似百尺莲”，同时，又像一把把满弦的弓箭，装饰着木塔。木塔经历数次地震、战火岿然不动，在中国古代建筑艺术中可以说达到了最高水平。

图 3-6　木塔的斗拱结构

小知识

萧太后：名绰，辽北府宰相萧思温三女，公元 969 年，景宗即位立为皇后。景宗因患病，由萧皇后代理国家大事。公元 982 年，景宗崩，萧太后奉景宗遗诏摄行国政。公元 986 年，宋朝遣杨业等兵分三路伐辽，萧太后前线督战，并于金沙滩俘获杨业，后人以其事迹编演成（杨家将）故事。公元 1004 年，辽军直逼澶州城（今河南濮阳），威胁宋的都城。经过和谈，辽、宋订立“澶渊之盟”，此后，两国之间不再有大的战事。她摄政 40 余年，为辽国的发展强大做出了贡献。

鸱吻：传说是龙的九子之一，在古代建筑中，它一般在高大殿堂的屋脊两边。鸱吻表面饰龙纹鳞甲，张口吞住屋脊，脊上插有一柄宝剑，有镇宅作用，装饰的屋顶雄伟、震慑、华丽。从建筑学讲，它衔接了殿顶正脊与垂脊，从而使殿顶更加封闭、牢固。

第二节　大同古城

大同古城最早的行政区设置是公元前 296 年的战国(赵武灵王设置的雁门郡),汉武帝后称雁门郡为平城县。魏晋时期大同被分割,北魏天兴元年(公元 398 年)迁都平城,大兴土木,修筑都城,泰常七年(公元 422 年)平城建成外郭周回 32 里。城内有堂、宫、园、楼、阁等,迁徙人口百万。北魏之后,北齐称恒安镇,北周改为云中,辽、金设立西京大同府,修筑城墙周回 20 里。明洪武五年(公元 1372 年)建城墙,城周 13 里。明、清时期,特别是明代,大同以军事重镇而扬名四海。由于它在北部边防中占据十分重要的地位,在多次军事斗争中发挥了重要作用,“屏全晋而拱神京”,一直享有“巍然重镇”和“北方锁钥”之誉。图 3-7～图 3-10 所示为修复后的明城墙。

图 3-7　修复后的明城墙(一)

图 3-8　修复后的明城墙(二)

图 3-9　修复后的明城墙(三)

图 3-10　修复后的明城墙(四)

大同城墙以巨大的条石为基础,城墙内芯为三合土夯筑,外包青砖。城墙高 14 米,共 580 个垛堞,据说代表了大同当时所辖的村庄数。大同城设四门:东和阳门、南永泰门、西清远门、北武定门。每个门有瓮城、月城,上有箭楼或匾楼。城墙四角有角楼、控军台,西北角有“乾楼”,高大瑰丽,为“大同城楼八景”之一。城墙上伫立着 54 座望楼,96 个窝铺。城墙外侧修壕堑(俗称护城河),门楼设吊桥。城内有 4 条大街,街衢规整通达。每条大街中段十字路口各建一楼,东太平楼、南鼓楼、西钟楼、北魁星楼。城中(西南)有北魏的明堂;唐初善化寺(南街);辽、金的华严寺(西街);元代关帝庙(东街);明朝的代王府九龙壁(东街)、文庙(东南);等等。据统计有牌坊、牌楼 96 座,戏台 36 座,上百座庙、观、祠等,它的街衢有着明显的明清“坊”特征。城内粗略统计有 2 000 余座四合院，街坊 225 片。大同俗语讲“四大街，八小巷，七十二个绵绵巷”。

明朝取代元朝统治以后，蒙古族一直是明王朝在北方的心患。蒙古鞑靼等部多次侵入大同等北方地区。明英宗正统十四年（公元 1449 年），瓦剌部在其首领太师也先的率领下，大举南下，中路大军直扑大同。明军屡战失利，边陲告急。七月，明英宗在太监王振的怂恿挟持下，贸然亲征大同，于是酿成震动朝野的“土木堡之变”。明军 50 万人全军覆没，英宗被俘蒙辱，随行大臣百人被杀戮殆尽，瓦剌铁骑深入北京城下。当太师也先亲自率军直扑大同之时，大同的将士在半年之内连续击退太师也先六次大规模攻击。大同的有效抵御，使太师也先有腹背受敌之忧，致使其不能全力攻取北京。在这次抵御瓦剌的入侵中，大同充分发挥了屏障三晋、藩卫京师的作用。

鉴于大同地区的紧张局势，明王朝斥巨资大兴土木，加强大同镇的防务。主要采取的几项得力防御措施是：一是在大同边关修筑长城（即外长城）和屯兵堡；二是加强大同城池的防御功能；三是实行“召军佃作”（京运银、屯田、民运粮、盐粮等），以解决戍守军士和军饷的不足。大同城经过明朝的几次增筑，又经历了多次的战争，固若金汤名不虚传。明代政治家于谦在诗中曾对此赞叹道：“百二连营秦壁垒，五原封锁汉封疆。”诗人李贽游览大同后，在诗中也感慨地说：“此城真与铁城同。”

综观大同城内的军事布局和守备设置，无疑是一座上下左右、前后内外布防周严、协调得当的坚城固垒，在我国历代军事重镇的规划建设中，可以说是最杰出的典范之一。这些众多的城防设施浑然一体，好像一盘棋局，井井有条，是我国历史上罕有的“巍然天镇”。

明朝中后期，穆宗皇帝接受“隆庆议和”主张，封俺答之孙为三品职衔，并与蒙古鞑靼部重行“互市”。大同城由军事防御城池变为多民族的商贸交易中心。

公元 1644 年 5 月，清朝将领进攻大同，多尔衮亲自出征。但由于大同城高池深，布防设施齐全而严密，众多的楼台、窝铺、壕堑，一道道的纵深防线，加之军民的坚决抵抗，清军围攻了长达九个月之久。最后因城内弹尽粮绝，守军部将叛变，清军才得以进城。多尔衮下令“屠城”，把大同的城墙削掉五尺。从此，大同城防及古建筑持续被破坏。

大同古城的春天，是 2008 年耿彦波市长来大同上任，大同的城市改造以前所未有的力度开始修复，几年间大同的古城有了质的飞跃，凤凰涅槃后的大同城，由京畿的“藩障”、“锅炉房”蜕变为“后花园”及文化古都。

大同古城修复主要有以下几项：

(1) 城墙设施

小城：大同并非四方形堡垒城池。在主城墙的南、东、北墙外各有一个自成体系的小城，分别叫作南小城、东小城、操场城，各个小城也有独立的瓮城和月城，用吊桥与主城连接。小城主要起防御、备储、接应的作用。这种防守措施使大同城真正成为固若金汤之地，为中国古代军事建筑的典范。同时，大同传说为凤凰降落的地方，因此这种城池排列的格局被称为“凤凰展翅”。

门楼:在城墙上,共四座门楼(亦称城楼),位于四面城门的中心,平面均呈“凸”字形,城楼均为重檐九脊歇山式屋顶,外有廊柱围绕,下临马道。其中南门城楼最为宽敞雄壮,为三层重楼,与西门城楼同为明初北方典型的木结构建筑。

角楼:城墙四角矗立着四座俊秀精巧的角楼,它们战时既能观察敌情和打击敌人,平时又可以供游人欣赏塞外的秀丽景色,两者得以巧妙结合。其中西北角楼尤为高大瑰丽。此楼因其位于八卦十二方位之首“乾”位上,所以称为“乾楼”;又因它是城内最高的楼阁,作为“镇城之物”,所以又称为“镇楼”;还由于它呈八角形,也称为“八角楼”。因为平时游人常常于此登高览胜,所以又有“镇楼秋爽”的景致。

望楼:54 座望楼伫立在城墙的四面,并建有 96 座窝铺,颇为壮观。其中“乾楼”之东的望楼——洪字楼,结构和造型颇为精美,为望楼之最。望楼的建造,是我国其他一些著名古城的城墙建设中所少有的,是研究城垣建筑的珍贵实物。诸多矗立于城墙上的楼台建筑物在战争中起到了观察、隐蔽、储存、射击、接应、制高和前线指挥所等重要作用。同时,它们也是一组极为珍贵的明代建筑艺术群体。

控军台:大同城墙的特点之一,如图 3-11 所示,它的外轮廓并未采用通常的平直做法,而是像齿轮一样,凸凹相间,排列有序。凸出的部分为城墙墩子。在四个角墩的外围,各建有控军台(或称望军台),上架踏板与城墙相通,这在各地城墙中也是不多见的。这些墩台的设置,主要是从战争需要考虑的,它可以很好地发挥侧射、策应和瞭望作用,防止“死角”部位的出现,并且还可以根据观察到的敌情变化,迅速采取应变措施,以增强城防的稳固和应变能力。

图 3-11　控军台

瓮城、月城:四门之外是瓮城。每个瓮城的建筑面积约为 1.76 万平方米,与城墙成“凸”字形。瓮城内建有庙宇、门楼,瓮城之外,又修有一道弧形城墙,将瓮城圈在内,称作“月城”(图 3-12)。月城又建门楼辟有城门,这样,出入城必须经过三道门卡。

图 3-12 月城

护城河:在城墙外侧修的壕堑,其作用是:

① 修筑城墙取土来源。

② 沟堑、河水为防御工程。

③ 城内的汲水、排涝、防火、风水、观赏等。

④ 与御河沟通后冬季运输大件物品。护城河上有吊桥连通,平时放下,战时、夜晚吊起。

另外,城楼的其他军事设施还有箭楼、马道、雷石口、女儿墙、窝铺、闸门、障墙、垛口等。

(2) 雁塔

在南城墙的东部,建有雁塔一座,俗称"瞭望塔",如图 3-13 所示,这在我国城墙建设史上也是罕见的。该塔始建于明代天启年间,高度约 17 米,为八角七级砖构宝塔。其形制端庄稳重、秀丽玲珑,底部每面石碣上还镌刻着全城历朝举子姓名及其功名,以激励后人奋进。塔内设踏垛砖梯,可攀登至顶层瞭望城郊原野,也是战时重要的观察点。

图 3-13 雁塔

(3) 十字街

大同主街成"十"字形，将城区划分为四片，每片又由次十字街将其分为四块，依序再分。因此，十字街是大同城街道格局的主要特色。大同的每条街都有古老的传说，可以归结为：

① 有历史印记的：一间房、都司街、师校街、府学门街等。

② 与庙宇邻近的：太宁观、塔寺街、大庙角、佛殿庙街等。

③ 集市、贸易、手工业聚集的：柴市角、油坊巷、马市角、大有仓等。

④ 以姓氏命名的：胡家巷、夏家巷、咎家巷等。

⑤ 以大街主要建筑物为特征的：鼓楼东、西街，城隍庙前、后街，大十字东、北、南街等。图 3-14 所示为鼓楼东街石牌楼。

图 3-14　鼓楼东街石牌楼

在各个方位的主要街有：(西南)青龙阁街、财神庙街、棋盘街、胡家巷、牛角巷、太宁观、马市角、欢乐街、教场街等 36 个；(东南)大庙角街、鼓楼街、都司街、县楼街、马王庙街、李怀角街、朱衣阁街、广府角、油店巷、云路街、正府巷等 46 个；(东北)清泉寺街、塔寺街、柴市角、十府街、佛殿庙街、回回巷、大有仓、仁和美街、城隍庙街、回春巷、后宰门、广盛殿、东华门等 46 个；(西北)大十字街、菜园街、石头巷、炸弹营、营坊街、新营街、朝阳寺街、师校街、户部角、帅府街、司令部街、马营街、西箭道街等 39 个。

(4) 民居

大同民居均为坐北朝南四合院(图 3-15)，有 1～4 进院式。大门(图 3-16)和影壁是主要部分，一般都磨砖对缝，集中展示雕刻技艺。大门作硬山式顶，山墙墀头为砖雕装饰，大门居中迎面为影壁，壁中内容多是平安祝福、教子养德、福贵吉祥等。大同有代表性的民居庭院是广府角、户部角、太宁观、鼓楼街(大同民居展览馆)等。

图 3-15　大同民居院落

图 3-16　大同民居院落大门

(5) 牌楼

四大街的中段各建一精美牌楼,钟楼、鼓楼、太平楼、魁星楼。在城中心四条大街的交点,树立着一座由四个牌坊连成一体的牌楼,称作“四牌楼”,是木结构建筑,颇为壮观。据说是大将军徐达在增筑大同城墙竣工之后,为炫耀其功德而树立的。每条大街都通至城门，四条大街都按城门定名。图 3-17 所示为四牌楼之一。

图 3-17　四牌楼之一

（6）总镇署衙门

大同总镇署衙位于城内西北帅府街，明永乐七年（公元 1409）修建，主要守御任务由行都指挥使司承担，最高军事长官为总兵，兼征西前将军，职衔可达正二品，为高级武职，统领八卫十三万五千军人，总数达到全国兵力的十二分之一。署前有照壁、牌坊、辕门等，牌坊上有“节镇雄藩”“焜耀虎符”横幅，设立宁远堂、鼓楼、惜阴亭等。

（7）代王府

洪武二十四年（公元 1391 年），朱桂改封为代王坐镇大同。代王府位于城内东北，占地约为十五万平方米，共有四门：（东）东华门、（西）西华门、（北）后宰门、（南）端礼门。端礼门为王府的正门，现在还残留有一段皇城的北墙垣。皇城的平面轮廓基本是长方形，城内主要建筑沿三条轴线铺开，分为左、中、右三组。中组的建筑规模最为宏大，从南向北依次为端礼门、承运门、承运殿、崇信门、存心殿、长春殿和北门。今之主殿街便是当年“银安殿”的遗址。王府前有金碧辉煌的照壁——九龙壁。公元 1644 年李自成损毁代王府，2016 年修复完成。

（8）明堂

《木兰辞》：“归来见天子，天子坐明堂。”花木兰拜见天子的地方，就在平城“北魏明堂”。明堂于北魏太和十五年（公元 491 年）兴建。北魏平城明堂是中国历史上的四大明堂之一（汉长安明堂、唐洛阳紫微宫正殿、北宋汴梁明堂），是北魏帝王举行朝会、祭祀、庆赏等大典的地方，是礼治文化的载体，它本身就是中世纪中华民族夷夏交融的产物。北魏明堂（图 3-18）是明堂、太学、灵台合三为一的，明堂也兼有太庙功能。1995 年发现，主要遗址是中心及周边共五个建筑遗址的夯土台基，以及外环于周边四个台基的一条直径 250 米的环形水渠（古称辟雍）。每个夯土台都是一处大的建筑群，2010 年部分修复。

图 3-18 北魏名堂

2008 年，大同市在耿彦波市长主持下全面实施了历史文化古城复兴与保护工程，古城再度修复。修复后的古城墙雄伟壮观，特别是夜幕降临，华灯初上，古城夜景分外迷人，流光溢彩的灯光，使古城墙楼阁俊俏秀丽，伟岸的轮廓更具魅力。

小知识

隆庆议和：隆庆四年(公元 1570 年)，俺答之孙把汉那吉因婚姻不顺投明，反明头领赵全跑到蒙古鞑靼部。明朝在高拱、张居正的斡旋下，与俺答及夫人三娘子在大同得胜堡签署议和协定，互换敌对人员，在长城边关开辟集市贸易。自此蒙疆和平无战事几百年，也孕育了晋商的崛起。

第三节 雄伟建筑艺术

一、长城

大同的长城由六个朝代修筑，最早的是春秋战国时赵国修筑的，规模最大、最完备，现存较好是明代修筑的。

大同明长城主要建于嘉靖年间，由宣大总督翁万达主持修筑。大同明长城东起天镇县东北镇口台，西至丫角山。大同先后修大边、二边、内五堡、外五堡等主要城堡 72 座，边墩 776 个，火路墩 833 个。

明长城自居庸关以西，分南北两线到山西偏关汇合，被称为内、外长城。外长城(图 3-19～图 3-22)即居庸关西北经赤城、张家口、怀安而进入大同的天镇、阳高、新荣、左云、右玉沿内蒙古山西交界处达于偏关。由宏赐堡向西经新荣、破鲁至左云，这道长城当地人称“二道边”。

图 3-19　外长城(一)

图 3-20　外长城(二)

图 3-21　外长城(三)

图 3-22 外长城(四)

内长城从居庸关西南经河北易县、涞源、阜平而进入大同的灵丘、浑源、应县。

明内、外长城在大同境内总长为 400 余千米,为山西省重点保护文物。

(1) 杀虎口

杀虎口在右玉县城西北 30 千米处,与内蒙古和林格尔接壤,古称“参合口”、“狼牙关”等。杀虎口是雁北外长城最重要的关隘之一。《朔平府志》记载:杀虎口“其地内拱神京,外控大漠,实三晋之要冲,北门之扃钥也”。杀虎口在战略上的重要地位源于它所在的地理位置。杀虎口东依塘子山,西傍大堡山,在两山夹峙之中有苍头河纵贯南北,形成约三华里宽的河谷开阔地,自古是南北重要通道,它是晋蒙的边关,至今大同至内蒙古的公路仍经由此地。在战国、汉、北魏等均有大将从这里挺进大漠,驰骋疆场。图 3-23 所示为杀虎口关。

图 3-23 杀虎口关

明朝初，蒙古鞑靼、瓦剌等部多次以此为突破点南侵中原，明朝为了抵御蒙古瓦剌南侵，多次从此口出兵征战，故起名“杀胡口”。同时，嘉靖三十三年（公元 1544 年）筑关口城堡，万历四十年（公元 1612 年）在杀虎口堡外另筑新堡，名“平集堡”（图 3-24），两堡之间形成中关。中关“通顺桥”是走西口的别离和平安桥，每当正月初三人们要在此设祭，祈愿他乡亲人平安。现在通顺桥上的古道车辙印还原着走西口人的悲喜苦乐。中关东、西筑墙相连，这样杀虎口由三部分组成（杀虎口堡、中关、平集堡）。图 3-25 所示为中关古道。

图 3-24　平集堡

图 3-25　中关古道

“土木堡之变”后，明英宗被迫流亡到了右玉地区，其弟代宗继位后，承诺打败瓦剌后，愿将“水陆神祯”御赐给右玉，后来于谦组织的京都保卫战取得胜利，英宗回来，代宗遂派臣将“水陆神祯”颁赐给右玉，感激右玉人对英宗的关爱。“水陆神祯”就是皇宫中收藏的120幅名贵的绘画。据说这些画多出自大唐贞观年间吴道子和阎立本之手，大多是宗教和民间世俗内容。现在残存的部分珍品收藏在右玉保宁寺和山西省博物馆。

明朝隆庆五年(公元1571年)，明朝接受不与蒙古长期对峙奏折，在大同得胜堡与蒙古签订议和协定，开放了大同的杀虎口、新平堡、得胜堡等边关口岸39个，开展畜牧、农产品等贸易。在这里开设马市，允许蒙人用马匹等畜产品与汉人换取他们所需的生活日用品。清顺治七年(公元1650年)清朝在这里设立户部抽税分署，专门征收山西北部到陕西的进出口关税。杀虎口就像万里长城上的一颗明珠，当年晋商富甲天下，而大多数的晋商就是从杀虎口发家的，杀虎口成为晋商经营商贸和发财的一个跳板，所以杀虎口也被称为“晋商的摇篮”。“字号店铺，鳞次栉比，市衢宽敞……货如雾拥。”杀虎口也就有了日进斗金之说。当时的关税，杀虎口在全国排在第四位(其他为崇文门、山海关、张家口)。

清初，在历时50多年的平定准噶尔噶尔丹部叛乱中，杀虎口一直是处于大本营的地位，担当传递情报、运送军粮军饷等供应给养的重任。在杀虎口这样一个边关小镇上，设立了户部分署衙门、中军都司等八大衙门，可见杀虎口在当时中国的战略地位。同时，历史上的“走西口”就发生在这里。长期战争，加之自然灾害，造成北方长城以内生产极大破坏，各地田地荒芜、人丁凋零。大批山西破产农民携男挈女或千百成群，背井离乡“走西口”(期初指杀虎口，后泛指出长城西部各口去内蒙古各地)觅食求生。当时流民或向蒙民租地垦种，或入大漠私垦，形成走西口的迁徙群体。走西口的人至中华人民共和国成立以前延续不断，中华人民共和国成立以后才结束了这段痛苦历史。

如今的杀虎口不仅有雄浑古朴的古代建筑，而且还有颇为壮观的自然景观。右玉历任县委书记植树造林，把一个苍凉、荒芜的不毛之地变成了松柏参天、绿草如茵、风光旖旎的塞上绿洲。

(2) 摩天岭长城

摩天岭长城(图3-26)在左云县五路山，摩天岭是五路山最高峰。长城在蜿蜒起伏的山上筑起，当地俗称“小八达岭”。它是居庸关以西保存比较完整且雄险壮观的一段明外长城。长城延伸到宁鲁口，因河修筑不便，在河岸修筑两座箭楼，以便用箭封杀从河谷入侵之敌。现河东岸砖包箭楼仍保存完整，箭楼拱券上嵌“镇宁”石匾，箭楼下又修筑了宁鲁口关城，与箭楼形成完整的关口防御体系。后在这里建立马市，因而又称“马市楼”。

(3) 长城乡

阳高县长城乡于明朝时建制，因该乡所辖村庄均有长城或为守护长城而建，其名延用至今。北以长城为界与内蒙古丰镇毗连，境内山峰连绵，沟壑纵横，采凉山、云门山是大同的名山。这里的外长城非常有特色，长城沿线上每一个敌楼前方50米处都建有一个独立的敌楼，外围有一方形窄墙包围，窄墙与长城相连。从实战的角度看，独立敌楼与长城形成掎

图 3-26　摩天岭长城

角之势，也就形成了该段长城独特的建筑风格。

(4) 守口堡长城

守口堡位于阳高县西北的黑水河边，修筑于明嘉靖二十五年(公元 1546 年)，为大同外长城关口堡，隆庆年间俺答汗部曾由此入犯，使大同全镇告急。明中后期开放为边贸点。今城堡已全毁，但该段长城保存尚好，人为破坏较少，长城内、外遍布烽燧。邻近有灵光寺、山神土地庙、太师庄等景点。守口堡还是阳高杏等果木基地。春天杏花漫山遍野，夏日杏子累累金黄，秋天果园万紫千红，冬天长城白雪掩映，这些美景把长城装点得更加雄伟、妖娆、壮丽。图 3-27 所示为守口堡长城。

图 3-27　守口堡长城

雁同内长城主要分布在灵丘、浑源、山阴等地，其中最为著名的是雁门关、平型关。

雁门关：位于山阴县广武城南，距大同市区 100 多千米，所谓"雁同"地区，就是雁门关至大同的晋北地区。“雁门”名称的由来，据明《永乐大典·太原志》称：“代山（即雁门山）高峻，鸟飞不越，中有一缺，其形如门，鸿雁往来……因以名焉。”战国雁门关已成为著名的军事要塞，《吕氏春秋·有形》篇载：“天下九塞，勾注其一。”勾注即雁门。汉武帝初年置关，隋唐时称西陉关，后复名雁门关。明洪武七年（公元1374年）在旧址上重建关城，并修筑“内长城”及“外三关”（宁武关、偏头关、雁门关）、“内三关”（倒马关、居庸关、紫荆关）。雁门关所处的勾注山是桑干河与滹沱河的分水岭，是农耕与游牧文化的交融区，因此，这里从古至今是咽喉要塞，发生了上千次的战争，有“得雁门者得天下，失雁门者失中原”之说。历史上有20余位帝王登临，有10余位公主出塞和亲。它的历史、人文价值堪与“五岳”媲美，胜于长城任何“关口”。像《水经注》所讲：“天下九塞，雁门为首。”2 600余年间在雁门关演绎出了无数金戈铁马、可歌可泣的动人故事。图3-28所示为雁门关东门，图3-29所示为雁门关长城。

图3-28 雁门关东门

图3-29 雁门关长城

春秋战国时，有周穆王西巡、赵襄子灭代、赵武灵王胡服骑射，特别是赵国大将李牧守边十余年，威镇塞北，使匈奴始终不敢越雁门半步。汉朝名将李广、卫青、霍去病曾经率兵和匈奴在此鏖战，威震塞外，山脚之下，数百座汉墓土堆若丘陵一般，埋葬着无数个守卫雁门关的汉将忠骨。北魏拓跋珪亲率40万大军，越过雁门关，击败后燕至晋阳，奠定王朝基础。隋炀帝杨广曾经率兵在此与突厥作战，雁门关在隋朝第一次出现了专管雁门关的职官。唐将薛仁贵曾经在此追赶突厥兵马捷报频传。晚唐李贺的《雁门太守行》用浓烈、沉郁、奇险、凄清的比兴手法，再现了雁门关的战事频传、紧张、惨烈。

雁门太守行

黑云压城城欲摧，甲光向日金鳞开。
角声满天秋色里，塞上燕脂凝夜紫。
半卷红旗临易水，霜重鼓寒声不起。
报君黄金台上意，提携玉龙为君死。

宋代东、西陉关并称雁门关。北宋时期雁门关的地位凸显到一个前所未有的高度。它是宋、辽两国的国界线，雁门关成了关乎宋朝安危的咽喉要塞。因此，滚滚狼烟再现了杨家将精忠报国的许多故事。雁同地区有许多为杨家父子塑像的庙宇，怀仁金沙滩是杨家将与辽血战的战场。雁同地区广泛流传着杨家将的神话传说，旧时在雁同地区还有潘、杨不结亲的习俗。另外，在代县城东10千米鹿蹄涧村，有杨家祠堂。

明、清虽有外长城防线，但仍把雁门关视为京畿、中原的咽喉。洪武七年（公元1374年）在东陉关、西陉关前各建有一座堡城。西陉关前的叫“旧广武”，东陉关前的叫“新广武”。同时对一线所有隘口堡寨进行重新加固，并驻军防守。在大规模建设关城的同时，雁门关长城进一步修复，内长城延伸与外长城相接。旧关城边的白草口长城，是中国目前保存最完好的长城之一，在险要的地段，还设置了堡寨、壕沟和暗门等。在关城周围和山下还有关署、兵营、点将台、六郎城等60多处明代军事防御工程遗址。为了加强纵深防御，明朝又在雁门关内修建了39座城堡。

雁门关的军事防御体系堪称完美，固若金汤。它由关城、瓮城、围城三部分组成。关城周长约1千米，墙体以石为底，内夯土、外砖身。关城的东、西、北三面开辟城门。门洞用砖石垒砌，石板铺路，门额位置均镶嵌了石匾。东门门匾镌刻“天险”，门上书“雁门楼”。西门门匾上刻“地利”，其门楼为杨六郎祠。北门（图3-30）是瓮城的城门，门额书刻“雁门关”，两侧镶嵌对联“三边冲要无双地，九塞尊崇第一关”。

雁门关的围城随山势而建，周长5 000多米。城墙的南端分别与关城的东西两翼相连，向北则沿着山脊延伸到谷底合围。围城以外还筑有3道大石墙和25道小石墙，起到屏障的作用。关城以西的旧关城俗称为“铁里门”。两关之间用石砌长城相连，并建造了敌楼、烽火台等，正北的山岗上有明、清驻军的营房旧址，东南有练兵的校场，形成一组完整的防御体系。

图 3-30　雁门关北门

雁门关既是古时塞外北方民族（匈奴、鲜卑、突厥、契丹、女真、蒙古等）与汉族征战的要塞，又是中华各族人民相互融合、团结的历史见证者。古老的关塞如今已成为山西南北的交通要道，它的厚重历史、传奇演义、雄伟建筑值得后人游览、学习、研究。

平型关在雁门关东，历史上很早就是戍守之地。在灵丘县的平型岭下，古称“瓶型寨”，以周围地形如瓶而得名。平型关北面恒山，南面五台山，平型关所在的平型岭是这条带状低地中隆起的部分，所以地势很险要。这条带状低地东连北京西面的紫荆关，西接雁门关，结成一条坚固的防线，京畿恃以为安。辽、金时称“瓶型镇”，明时为内长城重要关口。正德六年（公元 1511 年）筑岭口堡城（关城）。图 3-31 所示为平型关古道。

图 3-31　平型关古道

平型关的出名是因平型关大捷。1937 年 9 月 25 日，日本最精锐的板垣师团主力在平型关遭到了八路军 115 师（师长林彪、副师长聂荣臻）的伏击。歼灭日军 1 000 多人，缴获了日军许多武器装备，打了个大胜仗。这是八路军出师华北抗日前线第一捷，辉煌的战果鼓舞了全国人民的抗战热情。

二、古堡

大同的古堡既是长城的主要组成部分，又自成体系，它就是一座都城的微缩。明朝大力加强大同的军事力量，将大同列为“九边重镇”之一。为了防止蒙古及外族的侵扰，兴土木建军防，当时的大同镇屯兵 72 处，当时有“堡与堡，二十五”之称。其练兵场、烽火台等军事基地无数（主要集中在外长城沿线）。图 3-32～图 3-35 所示为塞外古堡。

图 3-32　镇河古堡

图 3-33　拒门古堡

图 3-34 威鲁古堡

图 3-35 镇边古堡

古堡大小尺寸因其处的位置、屯兵等级而定。古堡均因地制宜用黏土夯制，大的古堡门楼由青砖发碹、白灰砌筑，小的是土坯拱碹门楼，沙土碎石夯就，现在因年久失修，留下断壁残垣，更显得它的古朴、苍凉。每一座古堡就是一部史书，它可以有讲不完的故事，道不尽的欢乐、惆怅。

大同的古堡在新荣区较多，如镇川堡、镇羌堡、拒墙堡、破鲁堡、镇鲁堡、宁鲁堡、镇河堡等。这些兵堡、驿站似乎让我们感受到了铁马嘶鸣、战鼓硝烟、悲壮苍凉的古大同。这些古堡在和平时期，特别是明代"隆庆和议"后成为通贡互市商贸集散地。与外族由对峙转为商贸合作，各关口开边，有许多办事处车水马龙，其繁华富庶不输江南。由此产生的商人、工匠、街铺等有了堡的另一种文化，这也是"西口"文化的转变。草原文化与农耕文明相互融合，一些堡也去掉了带有轻蔑的地名，改"虏"为鲁、"胡"为虎等。堡的功能由戍边打仗的地方变为商贸集散驿站。例如：大同到内蒙古（关内人走西口途经路线），必须经小站—晋华宫—云冈—姜家湾—四台—鹊山—左云—右玉（杀虎口）—内蒙古和林格尔—呼和浩特。这里烽火台相连曾为古战场，之后成为"皮毛之路"。有些堡的街道车辙印记至今可见。大同的古堡以其特有的历史遗迹、沉重的使命、备尝的艰辛向我们述说着它的故事。图 3-36 所示为"皮毛之路"上的焦山寺。

图 3-36 "皮毛之路"上的焦山寺

（1）得胜堡

得胜堡位于大同新荣区，嘉靖十八年（公元 1539 年）修筑时叫"绥虏堡"，万历三十二年（公元 1604 年）改为"得胜堡"。堡墙设敌台 18 个，墙四角筑角楼，东墙正中筑钟楼。登上门楼（图 3-37），放眼望去，四边堡墙轮廓完整，墙体规整。一条大街从南门向北延伸，一座砖石砌方台，方台下有门洞，台上曾建"玉皇阁"（图 3-38）。得胜堡原有南城阁、玉皇阁、神武阁、瓮城、月城等。得胜堡不是一个孤立的军事堡垒，而是得胜堡、镇羌堡、四城堡三个城堡与北面的长城组合成的严密防御体系。这一防御体系烽燧相应，互为攻防。得胜口关是连接口里口外的重要关口。得胜堡在南面一线驻守，镇羌堡位于得胜堡东长城以内，东面拒守饮马河。四城堡又称"市场堡"，位于得胜堡北部，是其他堡的保障基地，是当时较大的马市之一。

得胜堡是明长城的重要军事边堡，但是它最有历史和文化价值的就是——它是蒙汉民族融合的见证者，军旅文化、民族边塞文化底蕴深厚。隆庆五年（公元 1571 年），明王朝在得胜堡举行隆重的敕封仪式，封蒙古首领俺答汗为顺义王，后又封三娘子为忠顺夫人，开放长城边的大同、宣府等地"互市"。后又在长城沿线新平堡、助马堡等地设 10 个互市点，马市数十年门庭若市、车水马龙。马市的开辟是明王朝与蒙古鞑靼部落由战争到和平的转折点，蒙汉民族由此走向融合。

图 3-37 得胜堡门

图 3-38 得胜堡玉皇阁底座

(2) 助马堡

助马堡位于大同市新荣区西北部。助马堡有段美丽的传说,在助马堡分守的长城段外侧,马头山的尾巴处有道“双边墙”,传说是秦始皇修长城时试图把马头山圈在长城以内,因长城内草地不好,马不愿入边,因此,长城日修夜塌而未成功。后神仙指点另修一道长城,成为“双边墙”。实际修双边墙是因土质不好而为之,从十三边沿马头山东麓在北齐长城的基础上修筑了现存的长城。但“马”仍未入边,当地人们祈望今后的战事有“马”相助,助马堡因而得名。

在明嘉靖二十六年(公元 1547 年),应州参将移驻助马堡,并统辖周围 9 堡,当时,助马堡的驻军达到了 2 100 人,马、骡、骆驼 900 匹。之后大同参将驻助马堡,屯军 5 600 余人在助马堡戍守。此后百年,明朝政府在助马堡的军事力量始终不曾减弱,说明助马堡的军事地位一直很重要。到了清朝，大同长城沿线的许多前朝官堡改为民堡不再驻军，助马堡依然被看作是军事要地。

图 3-39 所示为助马堡戏台，图 3-40 所示为庙前铁石旗杆。

图 3-39　助马堡戏台

图 3-40　助马堡庙前铁石旗杆

助马堡发生过许多大的战争。弘治十七年(公元 1504 年),蒙古首领火筛入侵大同,左卫总兵张安率军于助马口败火筛,史称“助马口大捷”。清顺治五年(公元 1648 年)十二月,大同总兵姜瓖起兵抗清,助马堡参将李向尧响应,翌年三月,清军围攻助马堡,战事激烈,鳌拜率军增援,李向尧战死,全家遇难。第二天中午堡破,清军杀助马营军籍户百余家。

明隆庆六年(公元 1572 年)议和后,在大同开辟许多马市,这些马市的繁华,远近闻名,当时人们流行一句话“金得胜,银助马”,大量的税收源源不断地从这里进入了明朝政府的国库。助马堡驻扎在长城边的庞大军事力量,始终致力于保证该地区国际贸易的顺利进行与国家经济的发展。马市的发展以“隆庆和议”为界,分为前、后两大时期。前一时期是蒙汉之间官办的朝贡贸易(也夹杂着战争掠夺贸易);后一时期马市性质发生变化,朝贡贸易发展为互市贸易,官市过渡到民市,在更大规模的民族贸易市场上,民间自相往来占据了主导的地位。随着助马堡军事地位被经济贸易所取代,大量的人口流动,堡内的繁华达到顶峰,当时堡里的戏台、庙宇、客栈、店铺近百家。民居的雕梁画栋、园林小景、高墙大院,现在从破旧的院落中还可辨识到。图 3-41 所示为当年的大户门口,图 3-42 所示为助马堡门。

图 3-41 助马堡当年的大户门口

(3) 新平堡

新平堡在战国时称“延陵古邑”,传说赵国大将在此修筑而得名,北魏又称“倚城”。在新平堡西的“凤凰台”(后被毁),有一个美丽的传说,明洪武年间,边关经常有“邪妖”来犯,巡查官夜巡时忽然见一仙翁驾凤而至,巡查官忙看究竟,见其向东北方三点头而去,天亮后

图 3-42　助马堡门

见西洋河南岸方城出现，巡查官顿悟，随后修筑新平堡，建“凤凰台”，保此地百姓平安。

新平堡在明嘉靖二十五年(公元 1546 年)修筑，设镇虏卫，新平路参将驻守，并设立了守备衙门、总兵府等军事机构，与保平堡一起抗击了多次的蒙古部落侵扰。清代将天成卫与镇虏卫合并成天镇县。新平堡地处晋、蒙、冀交界处，有“鸡鸣闻三省”的特殊地理位置，有四个朝代的长城 50 余千米，烽火台、骑墙墩、墙外墩等雄伟、苍劲影影相随，仿若仍在戍守的士兵，又像饱经沧桑的老人在诉说着过去的故事。“隆庆和议”后，新平堡开放为国家级的“马市”(东、西马市)，当时除盐、铁外均可交易。后又增设了宣威楼、千总府，专门接待蒙、回等外族尊贵客人。之后，新平堡商贸进入鼎盛时期，商贾云集、票号林立、车水马龙……商业老字号有永和成、和志全、中原永等。柴家窑村的“鞭杆拳”“穗子拳”不再是为了打仗，而是为镖局、商贸的往来服务。

城内布局主道以十字街式分列十六小街，即人们常说的四通八达，这是典型的长城城堡布局，它既方便于出行，又考虑到军事作战的需要。

玉皇阁：亦名镇边楼，如图 3-43 所示，位于堡内中央，建于明万历二十一年(公元 1593 年)，它是北方现存少有的过街中心塔楼。“玉皇”是道家对天帝之尊称。古代在边堡中央建阁，意在祈求天帝保佑平安，实为指挥作战观察室。站在阁楼上眺望，城堡内外尽收眼底。

镇虏门(北门)：原有瓮城、闸门等，是出兵打仗、出殡、处决犯人的地方。

迎恩门(东门)：上有三星阁，是结婚、中举等喜庆的活动地，其习俗保留至今。

戍边参军、移民流放、民族婚姻、贸易交往给新平堡带来了大量的杂姓迁徙人口，特别是蒙、回、满等少数民族的加入，使其成为有特别意义的“百姓”之村，在不足 3 000 人的地方有 138 个姓氏，既有大姓，也有底、苍、善等别姓。从姓氏的繁杂中，我们可以感受到民族团结、融合已深入平民的日常生活中。图 3-44 所示为新平堡民居，图 3-45 所示为新平堡大户民宅。

图 3-43　新平堡玉皇阁

图 3-44　新平堡民居

图 3-45　新平堡大户民宅

新平古镇历史悠久，长城文化源远流长（境内存留赵、汉、北魏、明四代长城近50千米，保存状况居全省前列），享有“茶马古道”的称谓，是三省（区）的商贸通达之地。新平堡有辉煌与深厚的文化韵味及道不完的历史故事，是当之无愧的“中国历史文化名镇”。

三、雁同长城·古堡的艺术特色

（1）长城·古堡让雁同人民从心底感受就是美。长城和黄河是中华民族母亲的象征，如果说黄河用“乳汁”抚育了中华民族，那么长城用自己的“身躯”保护了中华民族。它在每一个中华儿女的心中是美的化身，是神圣和伟大的。若把长城比作是中华大地的一串项链，而古堡就是项链上美丽的珍珠，它们一起装点着中华大地。雁同地区的人们随时随地都会以“母亲”为荣耀，都会讲述她的伟大历史故事，都会爱护她的形象，它们是中华民族屹立世界的载体。

（2）长城·古堡的壮美给人的视觉冲击是震撼的。长城·古堡的壮美主要体现在无论是一年四季还是雨、雪、风、霜、雾等各种天气，无论是白昼轮回还是阴晴圆缺，无论是地面仰视还是天空俯瞰，都会以不同的姿态给人以古朴、典雅、力量、雄浑、伟岸之形象。它会给人以震撼、信心、坚毅、勇敢、执着……在雁同地区特殊的气候及特别的历史条件下，长城沿边近百座的古堡，“堡与堡，二十五”（意思每25华里就有一堡）。这么集中的古堡，这在世界上是绝无仅有的。“古堡胜景”也是雁同地区最为壮美、震撼的历史遗迹之一。大同新荣区的镇边、镇川、宏赐、镇鲁、镇河（俗称“边墙内五堡”），是大同明外长城边塞风情最美的地段。古堡为黄土夯筑，部分砖包，墙体保存较好，城墙高5米以上，是大同明外长城历史厚重、人文故事精彩的地段，又与方山永固陵（北魏皇家园陵）相邻近，人们越长城、攀堡台、观烽燧，壮美边塞风光尽收眼底。

（3）长城是我国古代劳动人民勇敢与坚强、勤劳与智慧的结晶。雁同地区的长城·古堡种类（大同有6个朝代的长城，有用土、砖、石等各种材料夯砌，古堡因地制宜、形色各异，是古代军事工程的博物馆）、数量（大同地区的长城有400余千米，古堡近百，现在仍可视为超级工程）体现了当地劳动人民的聪明、智慧。同时，雁同的历史与长城血肉相连，在长城·古堡的建造中浸透着大同人民的汗水与鲜血、聪明与才智。大同人民在保家卫国、民族融合、发展经济的历史长河中，以勤劳勇敢、胸怀宽广、憨厚忠诚的品质为世人颂美。这种美德是我们鉴赏长城的主要内容。

（4）长城·古堡作为军事防御建筑堪称完美。它在古代的军事防御上达到顶峰。长城·古堡的选址、布局、防御手段、信息传递、排兵布阵、后勤保障等，在建筑中都有完备的美学体现。例如：锯齿状的墙体与重峦叠嶂的地势形成和谐统一；锥形的烽火台似山林中的雕塑（园林小品），点缀着大自然的美景；墙上的敌楼既对墙体有支撑作用（似篱笆桩），又是士兵休息、贮藏、瞭望、编制区分的地方；长城的军事设施，如烽火台、晾马台、马道、据马墙、边墩、火路墩等一应俱全，似整装待发的士兵保卫着家园。

小知识

俺答、三娘子:公元1430年蒙古达延汗统一大漠,其孙俺答为鞑靼部土默特首领,兵强马壮不断骚扰雁同地区(仅大同就有45次之多)。三娘子,俺答女儿的养女,俺答娶其为第三夫人。三娘子貌美才盛,积极敦促蒙、汉和好,推行先进的农耕文明,发展蒙疆贸易,明朝册封为忠顺夫人。俺答死后三娘子深明大义嫁俺答子黄台吉,为了国家的平安发展,又嫁其孙成为第三代顺义王夫人。三娘子辅佐俺答鞑靼部40年,使蒙、汉人民安居乐业、民族团结。雁同和蒙古人民逢年过节都会祭祀她,她的故事几百年来在此传诵。

土木堡之变:明英宗时期,宦官王振等专权,正统十四年(公元1449年),瓦剌与明朝因贡马起争端,其首领太师也先分四路进攻京城。七月英宗在王振的蛊惑下亲征到大同,后发现形势严峻,决定班师,退回到怀来土木堡时已被也先围住,因水源明军中计,英宗被俘,将士阵亡10万余人。京城十万火急,后明朝进行了京城保卫战。

第四章 说唱艺术

大同地区的戏曲、曲艺种类繁杂，又相互借鉴融合。如二人台的《王婆骂鸡》剧目没有唱腔，全部是“呱嘴”表演，乐器也使用快板、梆子，而其他曲艺形式又有很多唱腔和表演。作者将之归结为广义的说唱艺术，也是大同特有的艺术现象。大同的说唱艺术基本上都是扎根泥土，百姓喜闻乐见的“俗”文化艺术，它是大同土地上的“山丹丹”。图 4-1 所示为古村戏台。

图 4-1 古村戏台

第一节 二人台

二人台起源于山西，流行于山西西北部、河北北部（张家口地区，俗称东路），内蒙古中部（俗称西路）。因其演唱形式多为一男一女、一旦一丑而得名。伴奏乐器多为笛子、四胡、扬琴、唢呐、竹板等。山西二人台以大同阳高最有名，三分其一，2006 年国务院批准列入国家非物质文化遗产名录。图 4-2 所示为阳高二人台剧照。

清朝中末期，雁同地区以及忻州地区的河曲、保德一带的农村里，逢年过节便有一些“爱红火”的人踩着高跷在广场上边舞边唱，当地人称“混玩意儿”，这便是二人台的雏形。山西西北地区土地贫瘠，自然灾害偏多，特别是清咸丰、同治年间山西大旱，灾荒之年广大贫苦农民和一些工匠、艺人便成群结伙到内蒙古（西口或关外）去揽工谋生，将这种颠沛流

图 4-2 阳高二人台剧照

离、穷困潦倒、背井离乡的生活情不由衷地编述演唱。俗语有“河曲保德州，十年九不收，男人出口外，女人挑苦菜”之说。因此，二人台多以“苦”的内容和腔调演唱。为了博得口外人欢迎，有的艺人又兼行乞卖艺，将山西的“玩意儿”带到内蒙古，沿村逐户进行演唱。在演唱过程中，又和内蒙古当地的民歌小调、山曲结合起来，使其更加丰富。

二人台由山西叙事民歌发展而来，同时又不断汲取其他地区的民歌养料，其中突出的有：晋北民歌演变的唱腔《走西口》《五哥放羊》等；陕北民歌演变的唱腔如《送大哥》《绣荷包》等；蒙古族民歌演变的唱腔如《阿拉奔花》《王爱召》等；冀北民歌如《十对花》；江淮民歌如《茉莉花》《虞美人》等。曲牌则吸收了晋剧、汉民间吹打乐、宗教音乐等。因此，二人台是在中华民族音乐艺术土壤里成长发展起来的。

二人台的班底发展经历了打坐腔、打玩意儿、搅风雪、打软包、业余剧团和专业剧团五个阶段。

（1）打坐腔

清朝中期，在山西的西北部，各村举行堂会、河会时，人们在冬闲季节围坐演唱，歌手们演唱时情不自禁，手舞足蹈，加以表情动作，此为打坐腔。当时艺人张三堂是最著名的。

（2）打玩意儿

河曲民间春节文娱活动形式的总称是打社火。在打坐腔的基础上，人们尽情演唱，即兴在春节打玩意儿演出。

（3）搅风雪

清朝末年，有些堂会在演出大戏时，经常组织道情班和玩意班穿插演出，人称搅风雪。

(4) 打软包

打软包就是由班主与艺人临时搭班，组成演出班子，每班不过十人左右。因其服装道具简单，就几个包裹，故称打软包。

(5) 业余剧团和专业剧团

中华人民共和国成立前，民间艺人自行组织，在当地走村串户演唱，农闲演出，农忙下地。中华人民共和国成立后，各地政府组织了专业艺术团体，二人台有了专业剧团。

二人台传统作品的主要内容是：反映青年男女的爱情生活和对美好生活的憧憬；揭露当时社会的腐败和黑暗；反映劳动人民的凄苦生活；再现历史传说和故事等。其中亦有迷信、色情等消极内容。

图 4-3 所示为二人台《走西口》剧照。

图 4-3 二人台《走西口》剧照

二人台主要作品、内容及艺术特色见表 4-1。

表 4-1 二人台主要作品、内容及艺术特色

编号	作品	内容	艺术特色
1	《走西口》	新婚宴尔的农民太春和玉莲，遇大旱年，太春借粮未果，就决定到口外打工，离别的日子临近了，玉莲如泣如诉地嘱咐，太春难离难舍地述说，再现了当年走西口人的情感和凄苦	二人台代表作，选取典型环境下的特定场景，将别离、愁苦、爱情等情感集于一刻，如泣如诉的演唱感天动地
2	《挂红灯》	青年男女正月十五观灯的场景及对爱情的向往	描写独特的爱情场景，吸收了其他民歌的演唱、表演方法

续表 4-1

编号	作　品	内　　容	艺术特色
3	《打樱桃》	反映青年男女"打樱桃"时淳朴的爱情生活	集演唱、歌舞于一体的欢乐歌舞剧
4	《种荞麦》	懒大嫂、三没音到南场撒荞麦的滑稽、夸张行为	以表演、对话见长，语言生动
5	《压糕面》(又名《捏软糕》)	杏花与二小搞对象，妈妈却不知情，杏花妈生日压糕面邀二小帮忙，产生了不少笑话。杏花、二小说服家人，争得了向往的爱情	情节相扣，步步伏笔，包袱、笑料不断，母亲与二小的对话滑稽精彩
6	《接媳妇》	公公替儿子接媳妇(公公未与儿媳妇见过面)，公公在接的过程中表现出种种劣迹(要驴钱、偷东西、摔客等)，最后儿媳妇原谅了他	人物刻画深刻，尤其公公的行为。一个懒惰、吝啬、贪小、好色的酒徒入木三分
7	《念喜糕》	农村办喜事都有"讨吃"的念喜糕。他们从东家的一草一木到每个人，都要唱"喜歌"，即编即演，以此讨得东家的赏银	二人台的真实写照，以此形成的"讨吃调"是其基本曲牌，也反映了演员的功力
8	《光棍哭妻》	瞎眼的光棍，死了老婆后，留下一对傻孩子，在给老婆上坟时，哭述自己的苦难和思念老婆的情感，傻孩子的对话真实、滑稽	全剧的哭述感人至深，再现了农村单亲家庭的苦难。苦和情是其主线
9	《五哥放羊》	以四季为序，各个时期对"五哥"的关心与想念，再现女青年对"五哥"的爱	欢快的曲调，从气候的变化，时时想到了心上人
10	《卖碗》	王成卖碗时，遇到财主调戏民女，王成机智、巧妙地设计耍笑、挖苦贪色、愚蠢的财主，使财主出丑并得到惩罚	鲜明的对比，精准的对话，再现了农民王成的聪明、正义，映衬出财主的贪婪、丑陋
11	《打连成》	苏小风与刘连成恋爱后，暗约元宵节观灯，小风妈不允，老九叔卖醋路过，巧妙地成全了二人的美好姻缘	二人台歌颂青年男女追求爱情的代表作品，全剧人物刻画细腻，情节生动
12	《对花》	通过十月开花对唱，反映农民生活的情趣	吸收了其他民族民歌的虚腔、卷舌、颤音等发声技巧
13	《水刮西包头》	光绪三十年间，包头受到水灾后群众受难情景。铁锁眼看着女儿被水淹，恳求大家救女儿，可是整个西包镇没有一个会水的人	吸收了晋剧的曲牌元素。唱腔与情节的发展相吻合。几个情节串起了百姓"苦"的命运
14	《回山阴》	化德女青年受媒婆花言巧语，与对象回到山阴，结果大失所望，想逃被追回，哭述妈妈得了人家的彩礼，苦了女儿一辈子	对过去婚姻制度的控诉，再现女青年身陷囹圄却无能为力的痛苦，反映了女青年对美好生活的向往
15	《害娃娃》	媳妇怀上孩子后，女的想吃酸的食物，男的找不到却有各种讲究，双方产生矛盾，同时又欢乐喜悦	反映农村夫妻有了孩子的喜悦及其与旧风俗的矛盾，人物的对话反映了每个人的心理
16	《偷红鞋》	女青年在出嫁前的心酸、忐忑不安，婚礼后的闹洞房更是羞涩、惶恐，反映当时妇女对婚姻的憧憬与惧怕	心理刻画细腻，人物在每经历一个婚礼细节过程，都有心理和形体的细小变化
17	《卖菜》	刘青卖菜被二姑娘看上，其实刘青也早看上她，专门来到她家门口，二人相互考问，暗送秋波，最后二人终成眷属	用双关语含蓄表达爱情，是中国式的表达，其中把晋剧的表演技法(身段、眼神、手势等)应用到剧情中
18	《借钱》	姐姐向妹妹借钱，过去妹妹家穷，被亲戚瞧不起，后来妹妹勤劳致富，设悬念最后慷慨资助姐姐，使姐姐受到教育	现代戏，剧情的冲突、矛盾、悬念，意料之外，情理之中。对比反差产生幽默效果

续表 4-1

编号	作　品	内　　容	艺术特色
19	《刮野鬼》	是对旧社会艺人的苦难生活描述：挨冻受饿、早晚无时、丢下家人、受人冷眼、死无地方等	二人台艺人的真实写照，四处“刮野鬼”，受尽磨难和欺辱。以苦的身世却要表现出欢笑，正反的对比鲜明
20	《打金钱》	与《刮野鬼》一样，是对旧社会艺人的苦难生活描述	
21	《后妈打子》	后妈处处刁难姐弟俩，后妈要大豆般的饺子、二斤羊毛纺六斤线等，动辄打骂，姐弟哭诉自己的苦难，想念自己的生母	用突出的几件事，串起了姐弟失母后的苦难，再现了后妈的凶残和丑陋
22	《尼姑思凡》	年轻尼姑小时候，父母听信算卦说活不过九岁，把她送到庙里，长大后尼姑遇到小生萌生爱意，勇敢逃离寺庙追求爱情生活	全剧始终是女生一人唱，体现二人台演员的功力
23	《方四姐》	方四姐在婆家受尽磨难，干活很累，还经常被婆婆打骂，连舅舅接回娘家住几天都不能，也被娘家误解，欲述不能的苦情无处说	二人台唯一分场大型剧，反映封建社会妇女受欺压、受奴役的苦，情节生动，催人泪下
24	《下山》	梁山伯与祝英台的爱情故事	是在传统剧目的基础上创新，在语言、情节上突出了二人台特色
25	《双喜临门》（又称《子父婆母》）	大宝没了母亲，玉莲没了父亲。两人恋爱去村外幽会，大宝他爹、玉莲她妈着急找，两老人也对眼了，就在村外拜了天地，大宝和玉莲也拜了。大宝娶了玉莲，大宝他爹娶了玉莲她娘，可谓“双喜临门”	情节生动，妙趣横生，结构完整。反映了当时人们对不顾封建礼教束缚，大胆“黄昏恋”的认可与赞扬
26	《王婆骂鸡》	王婆因看红火丢了鸡，四处打听无果后，开始连损带骂偷鸡人	全剧没有唱词，全是“呱嘴”，合辙押韵，一气呵成，表情夸张
27	《摘花椒》	香香和对象在花椒地幽会，巧遇二大娘，设计让二大娘说媒，二大娘装样不从，暗中早就想成全，最后终成眷属	情节巧妙两条线，一急一慢；语言双关均关情，一比一兴；表演幽默带夸张，一眼一神
28	《媒婆自述》	媒婆王桂英自述，为了自己的利益不惜坑害无辜，到后来害人害己	整剧的舞蹈、表演、说唱等，演员一人表现出深厚的功底
29	《探病》	听说干女病了，刘干妈到女儿（翠云）家看望，女儿实际上是“相思病”，喜欢上了玉龙，干妈嫌他家穷，不同意，产生了激烈的冲突	反映了自由婚姻与封建礼教的矛盾，“病”的含义一语双关，唱腔吸收了不少晋剧元素
30	《钉鞋记》	巧云与玉柱暗中相恋，巧云妈不允，玉柱装扮成钉鞋匠来到巧云家，巧妙周旋，暗送秋波，说服其妈同意二人的婚姻	歌颂青年男女对爱情的大胆追求，情节巧妙，语言幽默风趣

二人台《走西口》是特定历史条件下劳动人民血与泪、苦与恨、情与爱的生动写照。明末清初，长期战争造成北方长城以内生产极大破坏。山西西北地区因地理气候影响，十年九旱、地瘠民贫。广大民众不得不背井离乡，经过杀虎口到内蒙古中、东部地区去垦荒“走西口”。加上清朝对蒙古采取怀柔政策，推行喇嘛教，大兴寺庙，大量招徕山西的工匠和破产农民。同时，兵祸造成蒙古土默特部丁口锐减，首领小顺义王为补充丁口和“苏木”，不分民族纳丁编佐，以补足丁口的缺额，山西流民纷纷加入蒙籍。于是，许许多多的贫苦农民为了养家糊口，维持生计，到口外出卖劳动力，或向蒙民租地垦种，或入大漠私垦。走西口沿

途要遭遇数不尽的磨难，完全是一种非人的生活。“走西口”前后经历了大约三百年的历史，好多人都是边走边唱，一路乞讨走到口外。像二人台中的歌词：“苍河水，水长流，流的是眼中泪，淌的是心中血。”一曲“走西口”，出塞几人还。

二人台《走西口》创作于清咸丰年间，反映山西旱灾后，太春和玉莲这对新婚夫妇为生计所迫，忍痛分离时的无限悲苦。整出戏没有复杂的故事情节，不是以故事诱人，而是以真情感人。新婚不久的太春出去借粮，没有借上，就与伙伴相约出西口谋生。当他不得不把动身的消息告诉妻子孙玉莲时，将整出戏的情节推向了高潮，通过人物的对话，表达了夫妻情深意浓、恋恋不舍的心情。丈夫去口外谋生，妻子多方叮咛。一方语重心长，一方声声相应。对话是那样娓娓动听，情意绵长。通过人物的语言，深刻地刻画了人物的性格特征：

“哥哥你走西口，
小妹妹实难留，
怀抱上梳头匣，
给哥哥梳梳头。”

从妻子给丈夫梳头开始，到离家后衣、食、住、行的嘱咐，“吃饭你要吃热饭”“喝水要喝长流水”“走路要走大路”“住店要住大店”“坐船要坐船头”。凡是一个做妻子应该想到的都想到了。一桩桩、一件件是那样的关怀备至，体贴入微。临到分别的最后一刻，说出了一个纯洁少妇最担忧的事情：

“哥哥西口外行，
不要贪‘花红’，
恐怕你变了心，
忘了妹妹的恩情。”

她谆谆告诫丈夫不要拈花惹草，没有感情基础的朋友是不牢靠的：

“有钱是朋友，
无钱眼下瞅，
总不如小妹妹，
年长日又久。”

通过难分难舍的叮嘱，让我们看到了一个纯朴多情、温柔细腻的农村妇女形象。最后太春终于与玉莲分手了，当太春“走出二里半，扭回头来看”时，“望见玉莲小妹妹，还在房上站”。这真挚的情感，包含着泪水，动人心魄！

第二节　大同数来宝

“数来宝”的原名称“对口快板”，快板书则是一个人表演，像评书那样可以几十天连篇说。“数来宝”见诸文字记载较晚。但是，传说其供奉的祖先是朱元璋，他手持竹板、牛骨，沿户讨钱，或撂地卖艺。其实在宋元时期“说话”中的“莲花落”就有了雏形，是“说书”类的曲种。数来宝的舞台演出不出百年的历史。

一、大同数来宝的发展阶段

大同数来宝是用大同方言兼有戏曲元素的曲艺形式，大致经历三个发展阶段。

第一阶段是20世纪50年代前后，代表人物是侯买客、夏哈巴儿，他们完全是旧社会的民间艺人（以此谋生），早期也是“说书”，不断收集民间故事，同时加入演唱（有胡琴、鼓、竹板等器乐），以串话儿、快板即兴街头表演。过去民间艺人沿街卖艺时，经常触景生情，口头即兴说唱。他们看见什么就说什么，擅长随编随唱，抒发感情。从编到演一气呵成、合辙押韵、脍炙人口。他们配合当时抗美援朝、“三反五反”、爱国卫生、三面红旗等创作了很多作品，如《杨连弟》《大浪费》《拉圪闹（垃圾）》等。但之前也有大同地区流传的“四大红”、“四大绿”（绿草地、西瓜皮、泥头帽子、邮电局）、“四大硬”、“四大毒”（蛇的头、蝎子尾、过堂风、后娘心）等粗俗作品。

第二阶段是20世纪六七十年代，也是发展期，代表人物是煤峪口李金，他的创作题材广泛，人称“百科状元”，有《公社八保》《矿工抒怀》《平型关上红旗飘》等。表演技法上对节子的搧、撩、颠、摇、抖等，大板的握、挑、扬等基本技法有了创新；注重了节奏、音量的变化；合成技巧更加娴熟；发明的四块瓦两种打法，有单口、双口、群口。李金成为当时大同数来宝的领军人物。

第三阶段20世纪80年代至今，是大同数来宝成熟期，主要由柴京云和柴京海兄弟创作发展起来。它是大同的一张名片，“大同三件宝：煤炭、大佛、数来宝”。它的表演一种是纯大同方言，另一种为大同普通话。纯大同方言中的地方话更加浓郁，生活气息贴近百姓，语言生动形象，包袱笑料不断，大家喜闻乐见。另外一种则为了让更多的受众接受，让大家听得懂，易于扩大影响，在保持原意的基础上做了艺术加工。他们的表演有着深厚的民间基础，在晋、冀、蒙部分地区深受群众喜爱，也得到了曲艺名家的赞赏。他们的代表作有《打麻将》《下岗》《望子成龙》《家丑外扬》《亲子鉴定》《怨谁》等，其在国内外获奖无数，同时也使更多的海内外民众认识了大同。图4-4所示为柴氏兄弟剧照。

二、代表作《下岗》艺术鉴赏

《下岗》创作于20世纪90年代中期，是我国产业结构调整、工业改革大浪高潮期，下岗波及各行各业，是对每一个下岗职工心理和技能的考验。作者敏锐地观察到这种社会现象，从两个朋友街边偶尔相遇的谈话得知一方已下岗，而且其经历了许多身心磨难。

“一出生，就挨饿，上学赶上‘文化大革命’。”

“好不熬了个班组长，领着工人来下岗。”

还有眼高手低，一心想发财，结果炒股、传销全赔光。转机出现是对方身教其经历。

“电影院跑过票，修缮队盖过房，妇幼医院陪过床……圪闹（垃圾）车摇过铃，十字街举过旗儿。”

图 4-4 柴氏兄弟剧照

现在发展到集团公司，有了自己的文化团体，而且接受对方为艺术团员工。作品以普通的道理、朴实的语言，告诫普通人下岗不能下滑，下岗不能下躺。

作品结构完整，从下岗到上岗、从想大发到小事做起，思想起伏入情入理。作品语言诙谐、押韵，包袱在情节之外又在情理之中，夸张、铺陈的艺术手段更增加了它的幽默、讽刺效果。它大量使用大同语言的串话、俗语、俚语，更增加了它的感染力和表现力。如：挖——挣大钱；捣挖——干活；蛮攥——放到一边；没本事到哪也不白眼——不看好；老婆个吱——老婆埋怨；圪能——耽误或推延；等等。

三、大同数来宝的艺术特色

（1）大同数来宝取材百姓生活，带有时代气息。从《家丑外扬》到《婆媳之间》，它的题材具有地方普遍性，都是大同百姓现在日常生活的琐碎事情，折射出人与人的理解和友善，这种和谐的人际关系是我们社会需要的，是国家安定团结的基础。同时，作品弘扬真善美，鞭挞、讥讽假恶丑，使大家在审美愉悦中得到教育。作品选材角度贴切，立意深刻。图 4-5 所示为《男大当婚》剧照。

（2）幽默诙谐的艺术风格。这也是大同数来宝借鉴了相声等艺术的传统风格，特别是语言诙谐幽默、针砭时弊、俗中见雅，让我们在观赏中思考、感悟。作者善于运用大同语言的讥讽、直白特色，特别是四字格式的大同成语，如“瓷迷杏眼瞎等着”“夹疯楞阵瞎忙乱”等，还有大同语言中的串话、俗语等，加上夸张的表演，更增加幽默感。如《学说大同话》：

图 4-5 《男大当婚》剧照

“不叫连襟叫挑担，
不叫欠债叫饥荒，
挖苦别人叫撩搓，
混得不好叫爬肠，
不叫屁股叫犊子，
不叫演员叫戏子，
拉皮条叫背篼子，
寻找目标叫踩盘子，
锅盖没樑叫撇子……”

(3) 娴熟的铺陈、包袱、夸张艺术手段。柴氏兄弟的数来宝许多是有故事情节的，叙事描写很多，这种铺陈的渲染增加了悬念和落差，从而使包袱抖落得既大又响。数来宝跟相声艺术一样，包袱是结构情节、刻画人物的重要手段，是艺术的生命线，无包袱即不成数来宝。如《家丑外扬》开始是假、空话的陈述，“形势一片大好”，下面就是卫生监督员的反差哭述：

“你说刚安的电话还没且打，揪撅得啥也不是啥了，刚挂的灯箱还没且亮，十字八绽划得倒不像样了，刚铺的草坪还没且完，逮住啥也给你往上蛮，刚栽的小树还没且绿，不知道让谁倒给彻根锯了，好好的花盆儿刚一摆，有人倒上去给拿脚踩了，新新的座椅还没且坐，吃完啥也给你往上唾，唾完还要给你乱圪和，祸害完再也就没办法坐了，讨吃货！”

夸张的反差自然产生了笑料，在笑声中大家鄙视了不文明现象，也讽刺了浮夸的工作作风。

小知识

柴京云,1957 年 8 月生于大同,国家一级演员,山西省曲艺家协会副主席,大同市曲艺家协会主席、市总工会副主席。

柴京海,1963 年 2 月生于大同,大同市文联副主席、市曲艺家协会副主席、市工艺美术大师,现任大同市粮油储运公司工会主席。

柴京云和柴京海兄弟二人自己创作和表演的代表作品有《喜事新办》《动手术》《好大大》《老来俏》《借摩托》《歪门经理》《命该如此》《打麻将》《人浮于事》《下岗》《出门儿》《家丑外扬》《逢九》等 20 余万字。

柴京云、柴京海曾获山西省“五一劳动奖章”,曾获中国曲艺牡丹奖。

第三节 雁同地方戏曲

一、右玉道情

道情最初是以演唱道教故事为主要内容的宗教艺术,是道教用以宣传其宗教思想和教义的艺术载体。道情的前身是道歌。宋代出现说唱道情,清代以来说唱道情演变为戏曲形式,晋北道情由此登上戏曲舞台。右玉道情是晋北道情的一支,也是我国道情艺术的一个支流。右玉道情由于地域、师承的不同,遗产保留或散失的不平衡,形成了自己的特点。右玉道情是流布在山西北部地区、内蒙古中南部的古老戏曲艺术。2006 年 5 月被列入国家非物质文化遗产名录。

右玉道情在清代没有班社,也没有专门研究、演唱道情的艺人。这些艺人大都亦农亦艺,口传心授,农忙时种地,农闲时搭班唱戏。1956 年“右玉县道情剧团”成立,几经曲折逐渐发展壮大。

右玉道情的艺术特色:

(1) 道情音乐比较丰富。传说原有 72 个套曲和 100 来种曲调。唱腔为联曲体,唱腔是根据需要来临时组合的,其特点有:

① 以古词曲为主,兼有少量变文体唱词的曲调。右玉道情唱腔音乐中的古词曲,其结构形式(指唱词和曲调的句式、段落、韵律)各有独特的格律要求,唱段的组织形式(结构体制)又是可变的。右玉道情唱腔中虚腔衬字的运用较多,保留着大量的虚腔(无实际唱词)衬字(啊、哎、咳、哈等),衬字几乎曲曲都有,句句无漏。它不仅用于填补虚腔,在实际唱词中也频繁地夹杂使用。如“南华山,苦修行”这句唱词,实际演唱时却唱为“南呀哎咳华呀咳咏山呀啊呜哈,苦修哎咳哈行呀哎咳哈”。由于过多地掺杂使用衬字,唱起来往往让人不解其意。但衬字的运用却是右玉道情唱腔音乐的一个特点,过去有人把唱道情叫作咳道情,在内蒙古一带过去称道情为“咳咳腔”。

② 专用曲和插曲。右玉道情唱腔曲调以外的某些特定人物或特定情节和环境里所用的曲调，均由其他剧种或民歌小调吸取而来。如“红板”由秧歌吸收而来，专用于吊死鬼上场；“南罗子”与京剧“南罗子”基本相同；插曲多数来自民间小调。

③ 从梆子戏中吸收其板腔曲调。如滚白、介板、流水等。它弥补了道情音乐缺乏豪放、激昂气势的缺点，也为更好地塑造人物形象起了积极作用。

(2) 右玉道情的伴奏乐器固定、力度强劲。右玉道情主要乐器是渔鼓和简板。渔鼓是右玉道情的专有乐器，它用 100 厘米长、直径 7 厘米的铜质圆筒制成。戏曲道情形成后，渔鼓至今沿用。右玉道情的乐器伴奏，以力度强为特色，有时达到极致，乐队演奏的热烈气氛有时能掩盖演员的唱腔。同时，它也是最反映演员和乐手功力的，也是吸引观众的招牌戏。

(3) 右玉道情的剧目繁杂。道情在其为说唱形式阶段，主要以道教故事为题材，宣扬出世思想。当它形成戏曲形式后，一批生活气息浓厚、活泼风趣、短小精悍、反映社会生活和民间生活的剧目相继出现。道情艺术逐渐由宗教艺术走向民间，也逐渐形成了右玉道情的传统剧目，如《打碗罐》《拉老汉》《赶脚》《换妻》等。右玉道情是中国北方道情的缩影，是研究民间宗教音乐和戏剧的活化石，具有很高的艺术价值和历史价值。

二、罗罗腔

罗罗腔是流行于雁同地区及河北部分地区的戏曲剧种之一，它由弋阳腔演变而来，兴盛于清乾隆年间，清末至民国时期渐呈衰颓之势。罗罗腔由一人在前台演唱，众人在后台帮腔，和之以“罗罗哟哟”之声，罗罗腔由此而来。罗罗腔表演形式活泼，唱腔优美动听，生活气息浓厚，是雁同部分地区广大群众喜闻乐见的戏曲剧种之一。2006 年 5 月被列入国家非物质文化遗产名录。

罗罗腔的起源虽然说法不一，但到清代中叶，特别是清乾隆至嘉庆年间，罗罗腔已发展成为一个非常成熟的剧种，在当时的官方演出中占有一席之地。广灵、应县、灵丘有些村庄，每年不论一年内唱几台其他剧种的戏，都不算正戏，只有唱罗罗腔才算正戏，男婚女嫁时，一般都要请乐手把罗罗腔的“彩腔”吹奏一番，以图吉庆。

罗罗腔的音乐唱腔很多，流传至今的有“数词”“甩板”“流水”“彩腔”等。其中“数词”是比较有代表性的唱腔，它说唱性强，有曲艺说唱的味道，各种俚曲小调的运用较多，就其曲式、调性可分为两大类：

第一类以“数词”为主，具有节奏明快、旋律清爽、委婉流畅的特点，善于抒情。

第二类以“娃子腔”为主，具有活泼、风趣的特点，旋律跳动性较大，适合表现喜悦、复杂心情。伴奏乐器有文场、武场之分。

罗罗腔有南北之分，灵丘罗罗腔属北曲，在艺术上有鲜明的地方特色，剧目生活气息浓厚，台词生动活泼，通俗易懂。乐队不拖腔伴奏，只在每个乐句尾音部分加入伴奏，过门之后即停，给演员的唱演留下很大发挥余地：能说能唱，节奏可快可慢，音量可大可小。很有特色的是男角在尾句部分用高八度的假嗓耍腔，俗称“背宫音”，反映出古老唱腔的痕迹。

传统代表剧目有《小二姐做梦》《锦缎记》《杨家将》等40多个剧目。

罗罗腔历史悠久，在长期的发展过程中，又在不断变化。新中国成立以后，灵丘县罗罗腔剧团在长期的演出活动中，在剧目、唱腔、念白里糅合了雁北地方色彩，创作了许多反映时代生活的新剧目，使之从演出剧目到音乐唱腔及艺术表现等各个方面都有所发展，并以其独特的剧种风格赢得了观众的喜爱。国家一级演员、著名歌手高保利就是从这里走到了国家歌剧院。

三、耍孩儿

耍孩儿又称咳咳腔，是以曲牌名命名的一个戏曲剧种，它源于桑干河中游，曾活跃于雁同、晋西北及内蒙古等地，深受观众喜爱。耍孩儿起源于元代，因金、元时代盛行的《般涉调·耍孩儿》曲调得名，同时受其他戏曲音乐和民歌的影响发展起来，至今已有700余年的历史，被专家誉为戏剧史上的活化石。2006年5月被列入国家非物质文化遗产名录。

关于耍孩儿剧种的起源，民间有两种传说：一说是昭君出塞和番，到了雁门关，眼前一片荒凉，思念家乡，因而哀恸欲绝、泣不成声，直到嗓音嘶哑，还是哽咽不止。后人为了纪念昭君，模仿她的悲切哭声进行演唱，几经辗转流传，遂成戏剧。另一说是唐明皇生下太子啼哭不休，集梨园子弟唱曲取乐，以逗太子止泣，所唱各曲均不奏效，唯唱此曲后，太子转悲为喜，破涕一笑，唐明皇随即命名此曲为耍孩儿。该剧种真正起源于元代，与元曲有着千丝万缕的联系。

据应县北楼口村关王庙戏台题壁记载："大清道光十三年六月二十四日有耍孩儿班到此一乐。"由此可见，耍孩儿的形成时间至少也在道光之前。开始耍孩儿只在应县、怀仁一带演出，后来演出活动区域逐渐扩大，南到忻州地区，北至同绥铁路沿线，直到黄河河套一带。据说，大约在清末光绪年间，耍孩儿的艺术已发展到鼎盛时期，此时各地区戏曲班社如雨后春笋般兴起，每个班社互相竞争，表演艺术很快提高，班主们为了提高自己的声誉，互相之间经常举行比赛，俗称唱对台。当时，耍孩儿班社若是和其他戏曲班社唱对台，则往往是耍孩儿更受欢迎。新中国成立以后，业余耍孩儿剧团蓬勃兴起，应县、怀仁等地专业剧团相继成立。

耍孩儿角色分红、黑、生、旦、丑五行。以板胡、笛子为主要伴奏乐器。唱曲以正板和慢板为主，既有固定曲牌，又灵活多变。它吸收南罗腔等古典曲调，又从晋北道情、晋剧中获取了丰富养料，发声方法也从蒙古族的"呼麦"有所借鉴，使表现手法更加丰富多彩。唱腔发声突出的一个特点是使用后嗓子，声音从喉咙下面发出来，先咳后唱，听起来浑厚、质朴。唱词前带衬字咳腔，以特殊的音色造成浑厚有力的音响效果，便于把观众引入自己的音乐感受区域，给词意的表达奠定良好的基础，唱词处理上常用重叠手法。

耍孩儿传统的伴奏音乐分文、武场，音乐伴奏与唱腔结合紧密、和谐。耍孩儿的表演，舞蹈性很强：有夸张、诙谐的表演；有地方秧歌的内容；有武术技巧的成分。

独特的演唱发音方法、欢快火爆的打击音乐、取材广泛的丰富剧目、别具一格的剧种风格使得要孩儿这个古老剧种日渐为专家学者所瞩目，它被称作戏曲史的活化石。保护这一古老剧种对于探索中国戏曲起源、发展具有重要的意义。要孩儿有自己的传统剧目，其中代表性的有《还魂传》《洪门寺》等。

图 4-6 所示为要孩儿剧照。

图 4-6　要孩儿剧照

四、雁同戏曲艺术的特点

（1）浓郁的地方乡土气息。大同的说唱艺术题材大多取自当地的生活，它的起源、发展、兴衰都与当地风土人情息息相关，其作品的表演、语言等为当地百姓喜闻乐见，带有浓郁的乡土气息。这方水土培育了大同的说唱艺术，这些艺术形式，是大同人精神生活不可或缺的部分。

（2）特殊的发声方法。从右玉道情到要孩儿，每一种戏曲都有自己独特的发声方法，右玉道情的“虚腔、衬字”、要孩儿的“喉音”发声、罗罗腔的“高音要腔”等都是有着独特的门道，也是大同戏曲的特色。

（3）诙谐幽默的语言。大同的戏曲“俗”文化的内容很多，其中的语言来自当地农村，戏曲中插科打诨、诙谐幽默的语言是百姓最喜闻乐见的，经典的语言也是戏曲的生命。像罗罗腔《嫁不出去的姑娘》中的灵丘话：“瘸驴配破磨，瞎子配罗锅，你就将就着吧！”要孩儿《过街楼》中的应县话：“用手儿，掌银灯。迈开步，出房门。紧走几步上楼庭。女儿因何身得病？”

（4）历史悠久的戏曲化石。雁同的戏曲有很多的特点，多数是年代久远、小剧种、自成体系的繁杂唱腔，题材以帝王将相、才子佳人为多数，它的发展过程就是我国戏曲发展过程的缩影，是我们研究戏曲历史的宝贵资料。我国戏曲现在的发展状况，是我们共同面临的难题，说明我们在创新发展、旧曲新唱的道路上任重道远。

小知识

般涉调·耍孩儿·庄家不识勾栏（元·杜仁杰）：耍孩儿是元曲般涉调的一个曲调，这套曲借一个庄稼汉的口吻，真实而生动地再现了元代勾栏的情况。勾栏是宋、元时演出戏剧的场所。庄稼丰收后农民以为是神灵保佑，进城买香烛纸马还愿，偶然发现街头挂着的演出广告，从他们口里知道这次演出的两个剧目是院本《调风月》和么末《刘耍和》。《调风月》是当时经常演出的院本；么末即杂剧，刘耍和是金、元间著名的演员。这些都是研究元杂剧演出的重要资料。

第五章　大同自然风光

自然美，是人类审美创作的源泉，也是文人雅士追逐向往的理想。大同的自然风光以山为多，其历代文人墨客留下足迹最多的是恒山。近几年，人们发现和挖掘的自然景观也不少，尤其突出的是大同盆地上的火山群、土林，它们是大自然鬼斧神工造就的独特自然风光；“大同蓝”则是北京人民赞颂大同的新美景。

第一节　大同名山

一、北岳恒山

北岳恒山（曾名常山、恒宗、元岳、紫岳等），位于大同浑源县南 10 千米处，“五岳”之一。它的主峰天峰岭，海拔 2016.8 米，被称为“人天北柱”、“绝塞名山”。1982 年被国务院批准列为第一批国家级风景名胜区。图 5-1 所示为恒山天峰岭牌楼。

图 5-1　恒山天峰岭牌楼

恒山西汉时因避汉文帝刘恒讳，一度改称为“常山”。据《尚书》记载：舜帝北巡时，曾祭祀北岳，遂封北岳为万山之宗主。之后，大禹治水时有“河之北属恒山”的记载。历史上有许多帝王将相、才子佳人到此游历，留下印记。先后有秦始皇、明太祖等游历恒山后封北岳为王、帝、神。恒山的一峰一峡，处处有历史故事，点点有人文情怀，满山都装载着文化艺术典籍，或自然的或人文的，让人叹为观止。孝文帝《祭恒岳文》“天极构高，人晖肇启。幽明合欢，百神同悦。今龙旆鸣銮，载还伊室。迈历恒峦，路邻阴岳。惟灵作镇，出纳炎冰，帝道资功，坤仪凭德。故遣兼官以牲玉荐于恒岳之灵”，表达了他对恒山的赞誉与敬畏。

恒山山脉始于阴山，东连太行，西跨雁门，南障三晋，北瞰云代，东西绵延五百里，是桑干河与滹沱河的分水岭。恒山有108峰，天峰岭与翠屏峰是恒山东、西主峰。两峰相对，巍峨耸峙，气势雄伟，绝壁断崖，云雾环绕，莽莽苍苍，横亘塞上。金龙峡居于天峰岭和翠屏峰之间，峡谷幽深，峭壁侧立，石夹青天，最窄处不足10米。这里曾是古往今来的绝塞天险、交通要冲。金龙峡悬崖中腰有古栈道盘绕，名为“云阁”，美如画卷。北魏时，道武帝发兵数万人，在这里劈山凿路，修筑栈道，作为进退中原的门户。宋代时，杨业父子在这里以险据守，抵抗外族的侵入。

恒山山脉气势壮观，风景如画。果老岭、姑嫂岩、飞石窟、还元洞、虎风口等处，人文色彩浓厚，传说神奇，故事跌宕。悬根松、紫芝峪、苦甜井更是自然景观中的奇迹。明代旅行家徐霞客游恒山后，把在恒山的见闻录入《徐霞客游记》中。古人由此赞叹恒山“危峰过雁来秋色，万里黄沙散夕阳”。北宋画家郭熙说：“泰山如坐，华山如站，嵩山如卧，常(恒)山如行。”点出了恒山的地貌特征为群峰奔突，气势磅礴。汉代历史学家班固有“望常山之峻峨，登北岳之高游”的描绘。唐代贾岛《北岳庙》诗中有“天地有五岳，恒岳居其北，岩峦叠力重，诡怪浩难测”的赞叹。唐代诗人李白则在恒山留下墨迹“壮观”二字。恒山的苍松翠柏、庙观楼阁、奇花异草、怪石幽洞构成了著名的“十八景”。图5-2所示为恒山松。

图5-2 恒山松

磁峡烟雨：即金龙峡，明代大旅行家徐霞客称叹“伊阙双峙，武夷九曲，俱不足比拟也”。

龙泉甘苦：苦甜井位于恒山半腰，白云堂东侧，有一“玄武亭”，亭内并列双井，名“玄武井”。一井水如甘露，一井水如苦碱，两井相隔一米，水质却截然不同。甜水井深数尺，却取之不尽，可供万人饮用，唐玄宗曾赐匾“龙泉观”。

云阁虹桥：在金龙峡最窄处，有古栈道，同时建有一座连接东西的虹桥，合称“云阁虹桥”，民间传说是鲁班的妹妹一夜所建。

虎口悬松：在步云路的石阶风口上，虎风口处有一悬根松，犹如虎啸龙吟，临风屹立，它根茎外露紧抱岩石，传说是张果老拴在树上的神驴受惊而拔起了根茎。

果老仙迹：在果老岭，传说张果老在恒山修仙时倒骑驴留下了“蹄印”。

云路春晓：即步云路，从岳门湾至恒宗殿，堪称十里“画廊”。沿途一步一景，有大字湾、四大夫松等景观。唐·王伦《步云路》：“谁将石磴列层霄，迢递分明步步高。欲上斗牛深处去，满身香蔼湿官袍。”

断崖啼鸟：姑嫂崖（舍身崖）。传说姑嫂二人为救母上恒山采药，偶遇画匠，小姑产生爱意。城里老财想霸占姑娘，姑娘上山追寻画匠，不见其影，被老财逼至舍身崖跳下。嫂子追寻小姑到舍身崖，为救小姑失落崖下。姑嫂投崖后，小姑化作百灵鸟，嫂子化作找姑鸟，在舍身崖上绵绵双飞。

危岩夕照：在果老岭东有夕阳岭，当夕阳西下时，夕阳映衬下的山色、岭壁、峪沟、危岩、树草等如美画、盆景。元好问在《岳山道中》赞颂恒山曰：“野禾成穗石田黄，山木无风雨气凉。流水平冈尽堪画，数家村落更斜阳。”

金鸡报晓：金鸡石位于朝殿西古楼外，有一古磬石，以石相击，声振幽谷，如金鸡鸣叫。传说是山鸡吃了三茅真人失落的金丹而变。

茅窟烟火：白虚观紫微阁旁断崖上有三茅窟，是三茅真人修仙得道处。传说三窟有怪异现象，即一窟点火另两窟冒烟，两窟点火另一窟冒烟，三窟同时点火三窟都不往外冒烟了，成了自然之谜。

奕台鸣琴：即琴棋台，位于会仙府西北处，崖壁上有“琴棋台”三个字，传说是仙人对弈、弄琴之所在。

玉羊游云：瞭望东峰峭崖翠顶上，白石若隐若现在云雾中，如群羊吃草，称为玉羊游云。

脂图文锦：天峰岭东崖上有五色卵石自然洒落岩石上，称石脂图，远望似锦绣画图，有远近高低各不同的图案。

岳顶松风：天峰岭是恒山最高峰，登上峰顶，恒山十八景尽收眼底，有“极目不知千里远，举头唯见万山低”的感觉，峰顶松涛怒吼、风声似鼓，饱览北岳风景。

幽窟飞石：姑嫂崖北端有飞石窟（天然石窟）。传说舜帝北巡，至恒山下，困顿疲乏，大雪横路，忽有一石飞来，有宫寝、殿堂、洗浴休息等设施，舜帝称其为“安王石”。

仙府醉月：即会仙府，位于朝殿西侧，传说是仙人聚会之地，为恒山最高庙观。

紫峪云花：即紫芝峪，位于恒宗殿东侧。传说峪内长着灵芝仙草，为恒山宝草，状如云锦，有起死回生、益寿延年之功效，后被明世宗皇帝采去十二株享用。

石洞流云：在紫芝峪东崖上，洞口上刻有“白云灵穴”四字。传说此洞通地海龙宫，白龙公子掌管北国云雨，它是当地的“雨窝”，浑源民间谚语有“恒山戴帽，大雨必到”之说。

恒山因其险峻的自然山势和地理位置，成为古代边关要塞兵家必争之地，许多帝王、名将都在此打过仗，这是恒山在五岳中最引以为自豪的经历。它有古代关隘、城堡、烽火台等众多古战场遗迹。如春秋战国时的代、燕、赵，两汉与匈奴，北魏、宋、金、辽、元、明、清等王朝，均凭借恒山天险及沿线长城，保卫着自己的疆域。图 5-3 所示为恒山远景。

图 5-3　恒山远景

恒山庙，以西峰之上的北岳庙（图 5-4）为首。北岳庙建于明代弘治年间，是恒山庙中最为宏伟的一座。它位于恒山主峰天峰岭南面的石壁之下，门前有 108 级石阶通往前方到达山门，北岳庙门有“贞元之殿”四个大字。门侧有长联，上联为“恒岳万古障中原惟我圣朝归马牧羊教化已隆三百载”，下联是“文昌六星联北斗是真人才雕龙绣虎光芒雄射九重天”。北岳庙内，有北岳大帝塑像。北岳庙前廊下有古代祭恒山碑文 20 余座，这些碑文是研究恒山历史、传说的宝贵资料。

恒山是以道观为主的名山，西汉初年，恒山就建有道观，而且之前的道家传说很多。明、清时恒山佛教寺庙兴起，人们称之为“三寺四祠九亭阁，七宫八洞十二庙”。后来遭到自然和人为破坏，所剩不多。

在恒山脚下的悬空寺，为恒山第一景。民谚有“悬空寺，半天高，三根马尾空中吊”的说法。它的精巧、玄妙为我国乃至世界建筑奇迹。它的自然和人文价值与恒山平分秋色。

二、其他大同名山

白登山——位于大同东 5 千米处。西临御河、东接采凉山、南傍张同公路、北靠方山。历史上著名的“白登之战”发生在此。白登山依旧，但古战争给我们的启示却是深刻的，这个著名的古战场也成了游人观瞻汉与匈奴文化的地方。

图 5-4　恒山北岳庙

石柱山——位于应县城南 20 千米处的梨树坪乡，是最新发现的国内罕见的地质景观。一幅宽约 100 米，高 30 米，由根根棱角分明的六棱石柱组成的峭壁悬挂山腰，据地质专家考证，此景观大约 50 万年前由火山爆发自然形成。山势冲天而起，像巨人振臂怒吼、火箭待发、海浪排排、山洪暴发、瀑布倾泻，真乃鬼斧神工奇观。

桃花山——位于灵丘县红石塄乡沙湖门，经过大自然千百万年的造化，形成了一系列天然溶洞群，主要有桃花洞、蝙蝠洞。山下泉水奔涌；山上桃花烂漫。桃花洞已有 170 万年的历史，并且仍处在生长期。洞内钟乳林立，形态各异：有白玉般的大幅珠帘；有百折织锦垂幔；有披盔甲的将军；有的像一丛丛新鲜的蘑菇，层层叠叠、生气勃勃。“桃花仙子”手捧仙桃面带微笑吸引着无数青年男女顶礼膜拜。蝙蝠洞主洞深 70 多米，有 6 个出口四通八达，洞内数以千计的蝙蝠密密麻麻地倒吊在洞顶，栩栩如生。图 5-5 所示为桃花山下溪流。

图 5-5　桃花山下溪流

第二节　火山群·土林

大同火山群·土林的美越来越被人们喜爱，它传播科普知识，再现出古朴、壮丽、雄浑的韵味，使我们既学到诸多地质知识，又感受到大自然的美。它是大同特有的自然景观，也是大同之美的组成部分。

一、火山群

大同火山群属我国第四纪火山群，是我国六大著名火山群之一（其余火山群一般是指云南腾冲火山群、黑龙江五大连池火山群、吉林长白山火山群、新疆卡尔达西火山群、台湾大屯火山群），它在全国各火山群中以数量多出名，被誉为“东亚大陆稀有自然遗产”，是难得的重要地质遗迹。目前在900平方千米内有32座死火山锥（图5-6）。这一个庞大的火山家族，属于第四纪火山运动的典型遗存。它们所处位置正好是在平坦宽广的大同盆地东翼和桑干河中游的河谷地带，主要分布于大同盆地东及边缘部，可以划分为东、西、南、北四个区。东区是指阳高、大同县的许堡、神泉寺一带；西区是指大同县西坪以北地区；南区是指桑干河以南；北区是指大同市以北的孤山、新荣区周围。其中位于大同县城东北部的西区火山则是火山锥景观最为密集也最为壮观的部分。它们的海拔高度大多在1100米至1400米之间，大概是由于有平坦宽广的河谷地貌的衬托，这些火山锥一个个像粥开锅后滚起的“包”，大多显出一种威猛与雄壮，最为著名的是金山、黑山、狼窝山、阁老山、双山、马蹄山、老虎山和昊天寺山等。大同火山群是晚更新世马兰黄土堆积之初多次活动的产物，最早活动的是北区、东区，南区次之，西区最新。

图5-6　火山锥

大同火山群是我国唯一保存完好的第四纪火山群，锥体大部是由熔岩和火山碎屑物组成的层状火山锥，熔岩主要为碱性橄榄玄武岩，有的玄武岩由于喷发形成气孔特别多，在水中可以浮起来，因此也叫作“浮石”。

大同火山群保存有火山渣锥、混合火山锥、熔岩锥3种类型。经过专家考证确认大同火山活动是喜马拉雅造山运动的结果。大约在74万年前开始，经过三期反复多次喷发，距今40万年前是大同火山活动的高潮期，大约在10万年前停止了喷发，形成了今天的景观。

图5-7所示为火山口底部。

图5-7　火山口底部

大同火山群中，海拔1369米的金山是最值得考察的一座。由于喷发时岩浆外流沉积，像钻石或金子一样熠熠生辉，故得名金山。在金山的四周，有许多丘梁似的小火山，它们环绕着金山，就像一个个孩子依偎在他们母亲身边，地理学上称之为“胎火山”。

狼窝山是大同火山群中火山口最为深邃的一座，山口深度平均达到30至50米。特别是它的大火山口中又生成了一个小火山口，称为“继生火山”，这是两次喷发形成的奇特现象。

东坪山是大同西区火山最壮观的一座，它的火山口造型非常有特点。由于火山喷发时熔岩流挤压冲破火山口流向东南，留下明显的缺口，使得整个火山口就像神马驰骋天空留下的巨型马蹄印。

根据火山锥体外部形态和火山口特征，可分为四类。

一是穹隆馒头状：没有火山口，像平地“肌肤”上隆起的一个个“肉包”。内部由玄武岩流组成，如孤山、峨毛疙瘩等。

二是碗壳状：底部火山口喷发，沿边堆积火山岩形成，是最有观赏价值的火山。吉林长白山、日本富士山等均属此类火山，大同的肖家窑头火山和大辛庄火山亦同。

三是瀑布半圆状：火山口是一条线，火山喷发物沿山前裂隙喷出，依山坡流动而成，像一挂大瀑布从山上流淌下来。

四是马蹄状：火山岩流、碎屑互相挤压堆积，岩浆流推力切穿火山口外溢，形如马蹄状，如东坪山、金山等。

图 5-8 所示为火山上的寺庙——昊天寺。

图 5-8 火山上的寺庙——昊天寺

二、土林

土林位于大同市杜庄村，同浑公路南约 20 千米，当地人称土林为“石板沟”。所谓“石板”，实际上是一种多年沉积下来的钙化层。从土壤剖面看，是钙化层、砂石、盐碱成分很高的泥土一层层叠压在一起。初春地表解冻，土壤里的盐碱析出地表，雨季期间，地表的盐碱又随雨水渗入地下，如此往复，年复一年，构成了土林特有的层理结构。土林与石林不同，随着时间的推移，在风雨的塑造下，时时在发生着变化，但其整个土林的神韵依然。辩证地看土林这种地貌景观，为被迫吞下土林这枚生态失衡的恶果感到苦涩；同时，我们也为意外收获土林这种稀世珍品感到欣慰，它给世人留下了科研价值极高的土林家族博物馆和璀璨的艺术殿堂。图 5-9～图 5-12 所示为大同土林。

土林千奇百怪的土柱造型、深远宁静的幽谷地缝、高悬半空的洞穴天门、原始粗犷的沙沟荒漠组成了景区内丰富的景观。土林浑厚粗犷、成群连片、风格迥异、蜿蜒曲折，给人险峻迷离之感。因此，我们可以说，土林这种小尺度造型地貌能在有限的范围内集中如此众多的景点，而且造型多姿、变幻莫测、参差不齐、高低错落、层次分明，是许多大尺度造型地貌风景区所不能比拟的。

图 5-9　大同土林(一)

图 5-10　大同土林(二)

图 5-11　大同土林(三)

图 5-12　大同土林(四)

三、火山群·土林的审美艺术特点

(1) 赋有诗意的造型美。火山群·土林其自然造型或拟人,或拟物,形态逼真、栩栩如生,极具神韵。大辛庄火山口呈正圆形状,像一个大"碗",它是火山群奉献给大同人民"吃饭"的"碗"。金山像一颗正在夏夜空中灼灼燃烧着的明亮"彗星",其"彗尾"不但壮观而且硕长(约 300 余米,为火山爆发时山口岩浆外流而形成)。阁老山,它的形状像一枚"桃心",四周布满了"血管"(呈放射状的水蚀沟纹理),似心脏跃动,因"心跳"而心动。东坪山火山口,由于火山岩冲破"碗口",岩浆流出巨型马蹄状,亦称"马蹄山",像远古的神马驰骋大同留下的蹄印,非常壮观。每一座火山大同人民都赋予了生命和情趣,各个角度都是美的造型。

土林拟人、拟物的造型是其景区的主要和重点品赏内容。它没有固定的形象,人们可以充分发挥想象力,把其变成美的化身。站在土崖边,放眼望去:奇特的土林景致令人目不暇接,一处处鬼斧神工的艺术品,有人物、动物等形态各异……多少个春夏秋冬,风吹、雨刷千变万化,在黄土层雕出了神奇的艺术世界！一幅幅奇美的画面是土林的精髓。猫尾草和沙打旺成片地点缀着土林,更给土林增加了美感。

(2) 自然风光美。火山群·土林景区原始荒凉、粗犷雄浑、广袤无垠,似乎穿越时空隧道,带我们来到了蛮荒的远古世界,领略它别样神奇的风光,给人一种原始、粗犷、自然美。它给我们的视觉冲击是震撼的,让人感叹几十万年前这里形成的地质奇观。远观起伏变化的火山锥体,它特有的缓坡曲线,绿色覆盖的锥体,似海边观海、草原望景;火山锥体像海中的岛屿,草原上的敖包,风光美不胜收。近看火山口,脚下是黑的火山岩、黄的土地、绿的草地，头顶蓝天、白云，让人心旷神怡。土林的白沙黄土、稀疏绿草、咸水炽阳等独特环境，是另一种形式的自然风光美。置身其中，仿佛回到远古，让人流连忘返，美的感染力超乎寻常。这也是人类追求自然、崇尚自然的本质所在。火山群·土林景观在不同的季节、不同的时间、不同的气候和不同的角度有不同的韵味。夏季：火山锥顶蓝天、白云，锥上墨黛岩石嶙峋，锥腰杂色红、黄、绿草缠绕，锥底绿毯铺就，整体色彩层次分明、斑斓多姿。冬季：火山有雪顶盖帽，黄衣（黄草）披身，黑、红、白珠宝（火山石）点缀。这种有荒漠色彩和草原景致的美，大同火山群独有。土林在阳光下醒目、挺拔；雨雾中似显似露、若明若暗，如柔纱缠绕的少女朦胧含蓄。土林造型稳定性差，易于流失，一部分土柱今年似鸡、明年似狗，三年五年干脆消失得无影无踪，留下一堆白沙黄土。这种罕见的变幻美、朦胧美充满了神秘感。在这里人们品味着变幻，寻找着消亡，盼望着新生。图 5-13 所示为火山远景。

图 5-13　火山远景

（3）地质奇观科技魅力。大同火山群·土林几乎可以看到各个时期的地质资料，它许多的岩石断层是地质、矿物、地理、环保、农业等学科的天然实训室。人类之所以要对大自然探索，对科技的挚爱，就是科技美的吸引，这种科技的魅力是人类探索无知世界的动力。我们通过大同火山群·土林的科考，对游客特别是青少年及地矿爱好者了解大同的地质、地理知识，认识火山、土林的形成原因、年代、化学物理特性，对我们今天的环保、水土、农业、气候等有着重要的科学价值。土林是这些年人们才认识的一种新型的流水侵蚀地貌，是水土流失的艺术结晶。它虽然容易流失，但并非所有的水土流失都能形成土林，而是在特殊的地质结构、土壤成分、构造运动、水文气候、地形植被等多种因素相互作用下方能形成。因此，土林这种地貌形态在地质地理学科上就显得十分稀有、珍贵。大同土林漫长的地质历史时期中，发育典型、类型齐全、千姿百态（圆盆土柱型、宽沟城堡型、坡地残柱型均有保存)，构成了一部完整的、系统的土林家族发展史，对科学界研究土林这种特殊地貌的演化、发展、消亡以及防止水土流失有着重要的科学意义。

小知识

第四纪：新生代最新的一个纪，包括更新世和全新世，距今约258万年，生物界已进化到现代面貌，灵长目中完成了从猿到人的进化。第四纪新构造运动最剧烈，地震和火山是新构造运动的表现形式。大同盆地亦属第四纪。

第三节　“大同蓝”

大自然赋予我们最好的艺术鉴赏对象就是绿水、青山、蓝天。现在来大同旅游的人，印象最深的是湛蓝的天空、清爽的空气、充足的阳光、凉爽的气候，即网络流行的“大同蓝”。试想我们看到的是蓝蓝的天空，呼吸着洁净的空气，皮肤在暖暖的阳光下，全身感受到的是夏日的凉爽……这种大自然美给我们带来的审美愉悦和享受，是全方位、全感官、全天候的，它超越了人类所有创造出来的审美愉悦，有益于人的物质和精神享受(特别是人的身心调养、陶冶、净化)，它是雁同地区最美的自然风光。图5-14所示为《北京日报》头版头条对“大同蓝”的报道。

北京日報

全国政协十二届

BEIJING DAILY

2017年3月3日 星期五

今日二十版

为中国特色社

京津冀·城市群

京西，那片“大同蓝”

大同蓝，有多蓝？

“煤都”不见煤

图5-14　《北京日报》头版头条报道

2016年大同市空气质量二级以上良好天数达到314天，一级天数62天，优良率达到86%，高于山西省规定目标近15个百分点。2016年山西省环保厅发布了山西空气质量综合指数排名，大同连续四年在全省11个地市中排名第一。2016年大同是山西唯一一个没有启动雾霾橙色以上预警的地级市。大同是北京“锅炉房”的历史已经改写为北京的“后花园”。图5-15所示为蓝天下的古城，图5-16所示为学校的绿树蓝天。

图5-15　蓝天下的古城

图5-16　学校的绿树蓝天

2014 年，环保部根据新《环境空气质量标准》，提出年均 PM2.5 浓度计算方法，一年至少应该有 324 个有效日平均数据统计。统计全国 190 个城市空气质量并公布，见表 5-1。

表 5-1　　2014 年全国 190 个城市空气质量(节选)

排名	城市	省份	2014PM2.5 年均值（微克/立方米）	排名	城市	省份	2014PM2.5 年均值（微克/立方米）
1	邢台	河北	131.4	141	丹东	辽宁	47.6
2	保定	河北	127.2	142	赤峰	内蒙古	47.5
3	石家庄	河北	122.6	143	银州	宁夏	47.4
4	邯郸	河北	114.2	144	广州	广东	47.4
5	衡水	河北	107.6	145	台州	浙江	46.3
6	德州	山东	106.0	146	荣成	山东	46.0
7	菏泽	山东	99.8	147	宁波	浙江	45.7
8	聊城	山东	99.8	148	温州	浙江	45.7
9	廊坊	河北	99.3	149	贵阳	贵州	45.5
10	唐山	河北	98.4	150	东莞	广东	44.1
11	安阳	河南	94.6	151	呼和浩特	内蒙古	44.0
12	淄博	山东	94.6	152	佛山	广东	44.0
13	莱芜	山东	93.4	153	丽水	浙江	43.7
14	宜昌	湖北	92.1	154	大同	山西	43.2
15	临沂	山东	91.9	155	江门	广东	43.1
16	济南	山东	91.0	156	九江	江西	42.9
17	荆州	湖北	88.8	157	大庆	黑龙江	42.9
18	济宁	山东	88.2	158	清远	广东	41.2
19	沧州	河北	88.0	159	金昌	甘肃	41.2
20	郑州	河南	87.6	160	威海	山东	40.7

2016 年全国空气污染排行榜由北极星环保网于 2017 年 1 月 9 日发布，公布了 2016 年全国 385 个城市的 PM2.5 年均浓度，同时附上了与 2015 年相比 PM2.5 年均浓度的变化情况，见表 5-2。其中 114 个城市空气质量达标，占 29.6%。

表 5-2　　2016 年全国 385 个城市的 PM2.5 年均浓度(节选)

排名	城市	2015 年 PM2.5 均值	2016 年 PM2.5 均值	PM2.5 浓度变化	排名	城市	2015 年 PM2.5 均值	2016 年 PM2.5 均值	PM2.5 浓度变化
1	喀什	106.94	152.96	+43.17%	251	天水	38.1	37.94	−0.42%
2	辛集	125.26	109.19	−12.83%	252	武威	45.78	37.92	−17.16%
3	石家庄	87.83	99.55	+13.34%	253	贺州	43.45	37.87	−12.84%
4	和田	95.93	96.78	+0.89%	254	鹤岗	50.97	37.51	−26.41%
5	保定	104.82	93.78	−10.54%	255	蓬莱	—	37.48	—
6	阿克苏	75.59	92.63	+22.54%	256	佛山	37.86	37.05	−2.14%
7	邢台	102.41	87.92	−14.15%	257	宁波	42.1	36.84	−12.5%
8	衡水	97.14	87.81	−9.6%	258	贵阳	40.17	36.7	−8.64%
9	定州	111.18	85.79	−22.84%	259	钦州	36.83	36.43	−1.09%
10	焦作	86.91	85.22	−1.94%	260	大同	40.07	36.3	−9.42%

大同是北京的西大门，是京津冀协同发展的重要协作区，正在精心打造首都清洁能源供应基地、非首都功能疏解承接地、旅游休闲度假地、交通枢纽基地、绿色农产品供应地和环首都生态屏障。2008 年大同市政府在耿彦波市长的领导下，开始了环保、交通、绿化、旅游等城市改造，励精图治，全面开展了调整产业结构、优化能源构成(煤炭生产线实现全封闭式运输；开发光伏发电新能源；扩大城市绿化面积，恢复植被，人均公园绿地面积达到了 15.27 平方米；发展热电联产集中供热 5780 万平方米)。2014 年大同跻身国家园林城市，使“煤都”成为真正的“绿都”，把一个塞上荒凉不毛之地变成了山清水秀、绿树成荫的自然生态区。雁同人民的智慧和勤劳感动了“上帝”，它回馈给了大同人民“大同蓝”。

“大同蓝”像大自然献给我们的一块“美玉”，它是那么的温润如脂，又是那么晶莹剔透。它像大自然嫁给我们的一位“美女”，是那么的纯洁无瑕，又是那么楚楚动人。它像大自然为我们创作的一幅“美画”，是那么的浓墨重彩，又是那么淡雅清新。它像大自然给我们烹制的一桌“美餐”，是那么的色香诱人，又是那么的回味无穷。然而，它更是大自然再现给大同人民的美景：远上湛蓝的天空，在朵朵白云的映衬下，地上古城更显得古朴典雅，天人合一，美不胜收。夜晚，每年 300 余天肉眼可见的星星在与人们“对话”、“聊天”，人们在洁净、沁心爽肺的空气中感受到了“大同蓝”的温馨和舒适。

大同地处中温带大陆性半干旱季风气候区，四季鲜明。夏季气候温和，平均气温在 19～22 ℃之间，凉爽舒适(夏日有些地方甚至无蚊蝇，市民居室不用空调)，日照时间长。这里时常碧空万里、天高气爽，人们在凉爽的夏日休憩、发呆、旅游，呼吸着洁净清新的空气，慵懒、散漫、陶醉之情油然而生，仰望着一望无际的蓝天，是人间胜景，又是人间仙境。

大同市气象局公布的根据 1971～2000 年资料统计的大同市基本气候情况见表 5-3。

表 5-3　　大同市基本气候情况

	1月	2月	3月	4月	5月	6月	7月	8月	9月	10月	11月	12月
平均温度(℃)	−10.6	−6.8	0.3	8.9	16.0	20.4	22.0	20.2	14.7	7.7	−1.1	−8.2
平均最高温度(℃)	−3.4	0.6	7.3	16.5	23.3	27.2	28.2	26.3	21.7	15.0	5.8	−1.5
极端最高温度(℃)	11.2	16.8	20.9	35.4	35.5	35.8	37.2	35.9	34.7	27.5	20.9	12.0
平均最低温度(℃)	−16.7	−13.0	−6.1	1.5	8.3	13.4	16.3	14.8	8.5	1.6	−6.8	−14.0
极端最低温度(℃)	−26.5	−25.8	−20.5	−10.9	−5.8	2.9	9.1	6.1	−1.9	−10.4	−24.0	−27.2
平均降水量(毫米)	2.0	3.4	9.3	17.5	29.5	48.9	100.6	83.1	50.6	17.6	7.5	1.6
降水天数(日)	2.0	2.5	4.5	4.1	7.0	9.8	13.5	12.2	8.8	4.8	2.8	1.9
平均风速(米/秒)	2.6	2.9	3.2	3.7	3.5	2.9	2.3	2.3	2.3	2.7	2.9	2.7

第六章 剪纸艺术

一、概述

北朝《木兰辞》中有"对镜贴花黄"的诗句。纸的发明是在公元前的西汉时代(公元前6世纪),目前发现的中国最早的剪纸作品实物,是新疆吐鲁番火焰山附近出土的北朝时期五幅团花剪纸。其实从商代始就有人用金银箔、皮革或丝织品进行接空刻花制作装饰品。1950在河南辉县固围村战国遗址的发掘中,发现了用银箔镂空刻花的弧形装饰物。这些用银箔镂空而成的装饰物,虽然不能说就是剪纸,但在刻制技术和艺术风格上,可以说是已经形成了剪纸艺术的前身。唐代剪纸在民间已非常普及,并将剪纸形制运用到布匹印染上。另外,在敦煌莫高窟也出土过唐代及五代的剪纸。"暖汤濯我足,剪纸招吾魂"(杜甫《彭衙行》),是唐朝剪纸的真实写照。南宋时期,已经出现了以剪纸为职业的艺人。宋代民间剪纸的运用范围逐渐扩大,江西吉州窑将剪纸作为陶瓷的花样,通过上釉、烧制使陶瓷更加精美。民间还采用剪纸的形式,用驴、牛、马、羊等动物的皮雕刻成皮影戏的人物造型。明、清时期剪纸手工艺术走向成熟,并达到鼎盛时期,剪纸艺术到清代已经成为全民性的艺术。剪纸分为南、北派。

南方主要有:

(1) 佛山剪纸利用本地特产的铜箔、银箔,用剪、刻、凿等技法创作。

(2) 沔阳雕花剪纸是民间艺人用刻刀和白纸在蜡盘上雕刻的绣花纹样,运用在布料印染上较广泛。

(3) 福建的泉州艺人刻纸应用在建筑中或家具上较多,剪纸中最有特色的是莆田的"礼品花"。

(4) 浙江剪纸均应用在服装上,特别是在戏曲中有独到之处。

(5) 扬州是中国剪纸流行最早的地区之一。

北方主要有:

(1) 河北蔚县剪纸源于明代,其制作工艺不是剪而是刻。

(2) 山西剪纸尤以广灵为代表,它的染色剪纸在中国剪纸中独树一帜。

(3) 陕西剪纸有"活化石"之称,饱含着浓郁的泥土气息和鲜明的地域特色。

二、广灵剪纸

广灵剪纸作为中国北方民间剪纸主要流派,以其生动的构图、细腻的刀法、传神的点染技艺、精细的装裱工艺独树一帜，被誉为“中华民间艺术一绝”，在中国剪纸中占有重要地位。2009 年 9 月 28 联合国教科文组织第四次会议上，中国申报的剪纸项目入选“人类非物质文化遗产代表作名录”(广灵剪纸为主要参报地区)。图 6-1～图 6-4 所示为广灵剪纸作品。

图 6-1　广灵剪纸作品(一)

图 6-2　广灵剪纸作品(二)

图 6-3　广灵剪纸作品(三)

图 6-4　广灵剪纸作品(四)

三、广灵剪纸艺术特色

广灵剪纸善于把多种物象组合在一起,并产生出理想中的美图。大多用比兴、夸张、比喻等修辞手法创造出多种吉祥物,它就是广灵人的理想信念,被称为“窗棂上的图腾”。这种约定俗成的形象组合起来慰藉人们心理,是人们借剪纸传达出对幸福生活的渴求和祈求丰衣足食、万事如意的朴素愿望。这种“以象寓意”“以意构象”的技法就是广灵剪纸艺术的精髓。

(一)独特细腻的传统技艺

广灵剪纸是刀刻宣纸、品色点染而成的彩色剪纸,属于剪纸中的“染色刻纸”类,图案处理以阴刻为主,阳刻为辅。一张剪纸的成型要经过设计图样、拨样、熏样或晒样、刻制、剪裁、染色等多道工序。

第一步设计作品。在白纸上起稿时,要将画面中线条不连接的地方合理地连接上。

第二步墨笔描图。如果剪刻技术熟练,也可以不描墨图而直接在画稿上(但要把铅笔单线勾成双线)进行剪刻。

第三步刻制。纸张浸湿、叠放晾干,放在画稿的下面,在特定的刻制桌上刻制,应从画稿的中、细部分往外刻。刀刻一次就有十几层、几十层,多则可达约60层。

第四步揭纸。剪刻完后用小镊子慢慢地把作品一张一张地揭开。注意:线条要清晰明快、舒展、光滑,没有毛刺、豁口。成熟的剪纸艺人在人物脸谱中,上百根胡须细如蛛丝,排列均匀,一丝不断。

第五步着色。分为两种,即套色剪纸和染色剪纸。

套色剪纸:套色剪纸是以单色剪纸为轮廓,以各种彩色纸作底衬而成。

染色剪纸:即彩色剪纸。广灵剪纸是用品色加白酒点染的彩色剪纸,它改变了原来单色剪纸,一次可染透十几张,很好地解决了洇化、褪色问题。点色时在颜料中加入料酒、白矾、冰糖。点染颜色可调出五六十种,而点染一幅作品用色最多可达30余种,因此彩色剪纸可以达到绘画与剪纸的双重效果。这种剪纸技艺在世界是独一无二的,因此广灵剪纸也成为中国剪纸艺术的主要流派。

(二)深厚的文化底蕴

广灵人对剪纸的喜爱几近痴迷,广灵剪纸源远流长,可上溯到周成王剪桐封虞,周成王把桐叶剪成“圭”形赠予弟弟叔虞,并封他为唐王。这个桐叶“圭”即是最早出现在三晋大地上的剪纸作品,已有3000多年的历史。据专家考证,广灵剪纸的雏形可追溯到初唐,“镂金作胜传荆俗,翦彩为人起晋风”,正是诗人李商隐对当时广灵剪纸的真实写照,它的形成大约在明代,独特风格的成熟期则在清道光年间,流传下来并成为山西剪纸的缩影。广灵剪纸的起源有两个:

(1)巫术及道术。过去农民治病和禳镇(祈福、驱邪、卜算等),常请巫师剪些纸人或动物去"邪"(烧掉),或在门笺上贴上单数的(巫术)纸品求仙问道。

(2) 绣花的底样。刺绣的线条是与剪纸的线条一脉相承的。广灵剪纸是一门综合技艺,它涉及绘画、装饰、雕刻、文学、戏曲、历史、服装等领域,需要有较高的审美修养和知识,同时又要有娴熟的剪纸技艺。

因此,剪纸造就了广灵人的文化底蕴,广灵人的聪明才智成就了剪纸。

剪纸在广灵有着广泛的民间基础和深厚的文化底蕴(仅全县职业的剪纸艺人就有 2500 人)。它俗称"窗花",在广灵乡间几乎每个百姓都会剪窗花。它深得广灵群众喜爱,农民忙时务弄庄稼,一有闲暇便舞弄起剪刀,刻剪起心中早已成形的剪纸作品来。当地百姓逢年过节家家户户都要剪制窗花装饰窗户,以表达对美好生活的憧憬之情。剪纸也是大家走亲访友的雅致礼品,同时各个村户要进行"窗花"剪纸比赛,大家展示技艺,交流心得,传承着祖辈的思想与技艺,表达着广灵人的美好追求和理想。广灵现在有许多专门从事剪纸的艺人和工艺美术师,如广灵剪纸传承人、国家工艺美术大师张多堂、张栋等,他们研发、继承着广灵这门祖上的传统艺术,也使广灵剪纸走向了世界。

(三) 创新的技法、多元的风格

第一,刀法创新。在刻刀的改良上,变马蹄刀为月牙弯刀(或多刀头变化),使作品不起毛叉,而且一次可多刻 60 张。如牡丹花的每一个花瓣、每一片叶子和花蕊都能在艺术家的剪刀下精美地刻画,阴刻阳镂相结合,精美绝伦。还有的辅之以金色勾边,由形似达到神似。

第二,传神的着色、点染技艺。广灵剪纸"点染"技艺是清末的张太明、张民锦创新的,最初用砒霜勾兑染料(当时是秘方,传男不传女),达到了剪纸作品不褪色、不串色、鲜亮逼真的效果。他的后人继承了传统的点染技艺,用其他物质替代了有毒的砒霜,公开了祖传的点染技法,并广泛传授。同时,多层、多次点染,突破了中国剪纸传统的局限,极大地拓展了剪纸艺术的表现力,把剪纸艺术推向了一个新的高度;使剪纸与绘画技巧完美结合。如《关公图》剪纸,人物和马的神态自然传神,胡须、马鬃栩栩如生,线条流畅自然,体现了高超的剪纸技艺,剪与画游刃有余,构成了工笔画、版画的意境。

第三,广灵剪纸在表现题材和内容上多姿多彩、风格多元。主要表现题材包括:

(1) 动植物。如十二生肖、花鸟虫鱼等。牡丹的国色天香,梅花的傲然怒放,竹子的孤洁挺立,兰花的幽雅吐香,动物的栩栩如生。

(2) 古装戏人物脸谱,还有民间神话传说、祭祀图腾等。人物形神兼备,细腻、华丽、美艳。

(3) 自然风光、名胜古迹(包括民宅古屋、园林小景、城市建筑等)。山水的自然流淌,自然风光的尽情刻画,历史古迹的有机连贯,等等。

(4) 舞蹈。尤其人物的线条、服装、装饰等,精美传神。

(5) 劳动生活场景。多以夸张、幽默的手法表现农村劳动、生活、娱乐场景。

(6) 祝福、名言警句、诗词、喜庆字符等。

(7) 现代人物。如名人、英模、普通劳动者等。

(8) 故事连环画。如“精忠报国”“杨家将”“三顾茅庐”等。

(9) 名画。如《清明上河图》《古代帝王画像》等。

(10) 装饰图案。如祥云、蝙蝠、万字纹等。

广灵剪纸大约有 15 大类,2000 多个品种,辅之以考究的着色和精美的装裱,达到了很高的艺术境界。

四、推陈出新、应用广泛的剪纸艺术

装裱工艺的创新最能体现出它的与时俱进,过去剪纸的装裱几乎没有,广灵剪纸从国画的装裱中汲取营养,发明了“多层单色纸叠加”装裱技术,最多有 16 张剪纸叠加,使剪纸有了立体感,拓宽了剪纸的艺术效果。广灵剪纸不断创新发展,在诸多的领域里引进剪纸元素,借鉴剪纸的方法进行其他艺术创作,使剪纸这门古老的艺术开出新花。广灵剪纸现已成为国家高级礼品、收藏品、纪念品。

剪纸的应用范围主要有:

(1) 装饰张贴:过节、婚庆、摆衬等,是剪纸最多的适用领域(窗花、喜花、礼花、祭花)。尤其春节家家户户都要贴窗花,窗花便是喜气洋洋的剪纸作品。其他如端午也都有门贴剪纸,表示一年的风调雨顺和五谷丰登。在丧事时也有零星剪纸应用。婚庆窗花在婚房的各个地方、家具、庆典现场、往来礼品上等都有剪纸。装饰摆衬用于点缀礼品、嫁妆、祭品、供品,如喜花、供花、礼花等,它们都衬托出主人的精神追求。

(2) 服装印染:近年来在服装上运用剪纸元素愈来愈广,刺绣、印花、镂空的效果,古朴的风格,使人们感受到古典与现代的完美结合。时尚与传统的追求在剪纸艺术上找到了答案。

(3) 建筑:(铁艺护栏、门窗、穹顶等)可以在广灵及雁同地区的建筑物上找到剪纸元素,体现出人们对生活的美好憧憬。图 6-5 所示为仿古门的把角。

图 6-5 仿古门的把角

同时，广灵剪纸又学习其他的姊妹艺术，如绘画、书法、篆刻、编织等，使剪纸在人们的生活中更有艺术品位和情趣。随着电脑的普及，剪纸技艺插上了高科技的翅膀，在设计、刻制、点染、传输等各个环节提高了工效及质量，它会在更多的领域再现剪纸艺术，装点着人们的生活。

第七章 语言艺术

第一节 大同语言艺术

大同方言属于晋北(雁门关北)语,以大同为中心,辐射朔州周边,以及张家口和内蒙古中部地区(原察哈尔省大部分与大同方言相近)。当然大同的郊县,方言也有区别,只有本地人可以听出细微的差别,如浑源、应县、天镇等方言的差别还是很大的。

一、大同方言语音特点

(1) 汉语是有声调的语言,声调在汉语中是能够区别意义的。古音有平、上、去、入四声,现代汉语的四个声调是:阴平、阳平、上声、去声。入声是一种收塞音韵尾的声调。大同方言有五个声调:阴平、阳平、上声、去声、入声。它保留了古音入声,大同方言的入声带了一个喉塞韵尾,所以发音都很短促,如铁、血、擦、不、霍等。

普通话的入声已“入派三声”到其他几类声调中,而汉语方言中,入声却不同程度地得到保留,大同方言的入声自成一个调类,独立而稳定地存在于大同方言的声调系统中。语言是不断发展的,舒化是大同方言入声发展的趋势,在普通话的影响下,大同方言的入声已经开始出现了舒化的现象。

(2) 大同方言在辅音上与普通话的区分主要是:卷舌不卷舌不分,即 z、c、s 和 zh、ch、sh 不分,例如市、迟、志。

(3) 大同方言和普通话韵母差别较大。普通话有 39 个韵母,其中有 20 个韵母与大同方言有差异,主要包括 16 个鼻韵母和 ai、ei、uai、uei 等。大同方言前后鼻音不分,如:音、迎、能、嫩等,也就是音尾带 g 否;还有给、外、买、快、坏等。大同人讲好普通话的难点就在这里。

(4) 儿化音:儿化是大同方言的一种突出语言现象,大同方言儿化特点有以下几个方面。

① 语音儿化范围广。大同方言有 37 个基本韵母,除卷舌韵母 er 之外,36 个韵母均可以儿化。基本韵母被儿化后,把有些原来不同的韵母变得相同了,形成儿化韵,如床边儿、马鞭儿、车印儿、轱辘儿等。

② 儿化词比普通话多。如多多的儿、笑芭儿、葫芦儿等。

③ 有辨析词义的作用。如画儿(指作品),画(指学习的动作)。出门儿(指出席宴会等

活动），出门（离家）；圈儿（指圆的东西），圈（指特定动作）。

（5）大同方言富有音乐美和节奏感。

由于大同方言中元音和儿化韵占优，使得声音悦耳、亲和，如夹和儿、拉塔儿、您儿、她儿等。

开口呼音节多，口腔开得大，声音响亮。声调抑扬顿挫，铿锵有力，增加了音乐节奏色彩。大同方言大量的双声叠韵，增加了语言的幽默、诙谐，显得语言生动活泼，富于美感。如马马儿、海海儿（一种器皿）、凉凉儿的、滚滚儿的。

例　男女当街对话。

男：秀枝儿，抓恰？（干啥？）

女：她儿（指婆婆）难活呢，我欢欢（快）买点药（读“跃”）面面儿。

男：夜你（昨天）求咪杏眼（发愣）看红火劈（着凉，读 pia）着了。

女：这两天天气闪深塌浅的，钻家圪息（休息）吧。

男：给我捎上两个输液的管管儿。

女：拿钱！上回欠我的还心圪抖抖等着呢？

二、大同方言词汇特点

（一）单音节词

词义的表达上与普通话有些差异，在介词、形容词上最为突出，而在名词上其差异性不大。

1. 表示程度

“挺”：大同方言表示程度“很”时用“挺”，如挺贵、挺结实、挺不赖。

“刁”：大体相当于普通话“特别、非常”，如“那个人刁软”“那根棍儿刁长”。

“可”：三种程度：一是“可”读 ke 时，表示程度减轻，如“可疼啦”是不很疼；二是“可”读入声调，在大同话读成“客”时，表示很、非常的意思，“可冷呢”（非常冷）；三是“可”读成 ká 时，相当于“特别”，如“可甜着呢”“可远着呢”“长着呢”。

“过”：相当于普通话“格外”，如“那天气过冷，可把我冻灰啦”“那男人过懒”。

2. 表示方位

主要包括以下几个：

“迎”：相当于普通话“从”“向”“朝”。“他迎南来，迎东走啦”。

“辟”：有时相当于“照”，“辟脸唾了他一口”；有时相当于“从”，“辟手把肉刁走啦”。

“串”：有时相当于“从”，“串房上跳下个人”；有时相当于“向”，“那只狼串山坡下来，串河沟跑啦”。

“往”：表示朝、向的。大同话读“屋”，如“一直往（wu）里走，再往（wu）东拐”。

3. 表示比较

“赶”“凭”“在”等相当于普通话“比”。“我赶他快”“我凭他胖”“我在他上”。

4. 表示名称

有些名词与普通话不同，这里只能简要介绍。

尔(他)：“尔们一家子”；大(爸)：“我大今年 70 了”；岗(哥)：“岗上学校去了”。

5. 表示动作行为

瞅(看)：“瞅女儿去呀”；照(看)：“我给照着”；断(追)：“我断不住她”。

6. 形容词的表示

皮(实在)：“他挺皮”；寡(不好)：“你寡的没味”；精(聪明)：“那家伙真精”；灰(坏)：“你灰啥呢”；亢(渴)：“我亢了，快喝点水”。

(二) 双音节词

大同方言有一个特殊现象就是许多的双音节词(或多音节词)前后加缀，虚化后没有实际词义，而且表达的词义动词、形容词为多数。

(1) 词头加字虚化，包括加“圪、日、忽、克、宙”等，如圪馋、圪卷、圪趟、忽颤、忽舔、忽咂、日能、日鬼、日选、克痿、克量、克达、宙灵、宙冷、宙甜……

“圪”字大同方言里最常用的一个词头，它常常加在一些单音节的名词、量词、动词、形容词的前面，构成双音节词。

名词如圪台、圪棱、圪角、圪疤、圪蛋……

量词如圪截儿、圪绺儿、圪堆儿、圪撮儿……

动词如圪吵、圪抓、圪嚼、圪卷、圪摆、圪叨、圪沓、圪扭、圪爬、圪翻、圪躺、圪挤、圪蜷、圪眨、圪颤、圪揉、圪挪、圪摇……

形容词如圪腥、圪朽、圪腻、圪搐、圪蔫……

(2) 词尾加字虚化，如达、由、看、喇等。

端达、逛达、呱达……

经由、各由、末由……

扑看、摸看、日看……

没喇、摸喇、惯喇……

(三) 多音节词

以四个字为多。形容词、动词较多，贬义多于褒义。多音节的大同方言中有带词缀“圪”的词，其主要形式如下：

一是“圪”字双音节重复，“圪 X 圪 X”式。圪涮圪涮——涮一涮，圪挪圪挪——挪一挪。

二是“圪”字后重叠，“圪 XX”式，如：“你圪叨叨的没完了”。

三是形容词嵌进“圪”，后词重叠，构成“A 圪 BB”式。如稠圪东东、白圪生生、新圪棱棱。

四是表示程度的不同，构成“没宙圪 X、X 了圪 X”式，如“没宙圪灰、灰了圪灰”“没宙圪寡、寡了圪寡”都表示程度最高级。

大同方言的四字成语在人们的日常交流中使用频率很高，多以讥讽、幽默的动词、形容词为主。大同方言中的字、词往往与字义区别较大，只能以音找现代汉语的字词，若以字、词去理解方言的意义，那就会张冠李戴，理解错误。这也是外地人学习大同方言的难点，只能靠日积月累。

如夹疯愣怔、小家瓦气、瞎眉处眼、愣七坎怔、精说白道、点毛颤眼、打架隔夜、圪丁圪巴、跌东摇西、讨吃烂鬼……（详见方言集锦）

（四）俗语（谚语、歇后语、俚语）

大同人说话幽默、率真。讽喻的词汇丰富，其在历史的长河中形成的俗语很多，多数来自农村及当地日常生活，有着浓郁的地方色彩。如：

粉坊豆腐坊——各管一行。

判官吃黑豆——鬼嚼。

王家园的毛驴——对儿灰。

二古叉打他妈——一下顶两下。

地皮菜得了闷生生雨——大展了。

种荞麦上豌豆——灰的没棱子。

四牌楼说书—没台。

锅盖没樑子——撇子（谝子）。

六指挠痒痒——多一道道。

茅坑搭戏台——臭架子。

坟园擩圪都——戳鬼。

吊死鬼吃凉粉——谋住那一条了。

还有许多以当地人和事编的带有“荤”语的俗话、俚语，在大同数来宝中有所表现，它也是大同方言的一个组成部分。如讽刺矿山的懒女人：“早起湿独子（不起床）、中午撇脯子（喝酒、吹牛）、晚上耐锤子（指性交）。”讽刺矿山浮夸风：“单身楼习旧、澡堂习臭、食堂习油、矿长习肉、办公楼红旗一溜”“领导瞎吹、工人瞎推、领导不回、工人不归”。

人类语言结构之所以会有种种差异，是因为各个民族的精神特性本身有所不同。同时特殊的地理环境也形成了不同的语言。大同因特殊的地理位置，历史上造成了军事、政治的需要，语言与风俗又是一个密不可分的整体，因此，大同方言相对于其他地区的方言（甚至晋南语），语音直率，像大同方言说的“冲”。大同方言语汇很少有那种“圪丝圪仁”的感觉，多是讽刺、贬低的直白。阿谀奉承、缠绵的语汇很少，大同方言的这些特点是由大同人淳朴、直爽、勇敢的民风形成的。

第二节　大同方言集锦

一、名称叫法类

大——父亲。
岗——哥哥。
曲灯——火柴。
二宅——阴阳先生。
结嗑子——口吃。
山水——山洪。
本髅——额头。
妞妞——乳房。
门限——门槛。
咕噜次——料碳。
仰承——屋顶棚。
铁饲——锅铲。
拿糕——大同一种面食。
害孩子——怀孕。
胰子——肥皂。
掸子——用鸡毛做的去灰尘工具。
圪肘——肘。
盖唔——被子。
积获——债务。
颊鞋——单鞋。
笼箐——笼屉。
勺儿白——圆白菜。
五眯头——太阳出来前。
家巴雀——麻雀。
万国弟——无法说明称谓的后代子孙。
擦黑张儿——傍晚。
大黄风——沙尘暴。
弹子——冰雹。
黑张些儿——傍晚。
后野——下午。
闷生雨——蒙蒙细雨。
年省个——去年。
前野——上午。
扫帚星——彗星。
天每——每天。
半鸡——沙斑鸡。
秋铃儿——蟋蟀。
壁虱——臭虫。
扁担——蚱蜢。
草鸡——母鸡。
草驴——母驴。
送饭牛儿——瓢虫。
臭臊虱——放屁虫。
儿狗——公狗。
儿马——公马。
圪丁——公羊。
挑担——连襟。
圪令——地松鼠。
蒿雀儿——沙百灵。
花大——彩色蝴蝶。
蛇蟆子儿——一种蜥蜴。
黄猺子——黄鼠狼。
家巴子——麻雀。
叫驴——公驴。
叫蚂蚱——蝈蝈。
大豆——蚕豆。
疥蛤蟆——癞蛤蟆。
老哇——乌鸦。
牛叫姑儿——凤头百灵。
邦郎头——偏头。

娄娄——岩鸽，又作野山灰。
牛牛儿——小虫子。
胡才——胡子、胡须。
灰皮——地痞。
屎巴牛——屎壳郎。
闹门儿——不按常理办事，特别别扭的人。
圪独——拳头。
秃子规——猫头鹰。
瞎唠——地鼠。
耳色——耳屎。
眼色——眼屎。
粉猫肉——指脸白。
呀麻圪蚪——蝌蚪。
油旱——蚜虫。
车串串——车前草。
茅葫芦——粪罐车。
固固英——蒲公英。
马马草——知母。
松根——苤蓝。
甜草苗——甘草。
三瓣嘴——唇裂。
头疼花——狼毒大戟。
芫荽——香菜。
酸溜溜——沙棘。
涎水——涎(音含 hae)，口水。
崩颅——前额，脑门儿。
逼兜——巴掌。
也作"兜嘴"。
眉素——长相(含贬义)。
发凶——疮因感染而恶化。
风发——伤风感冒，流鼻涕。
老圪蛋——最小的儿、女。
圪瞭——斜眼。
圪膝——膝盖。
胳肢窝——腋下。
夹山兄弟——同母异父兄弟。
拐孤——踝骨。
掴刷——耳光。
黑蚕色——雀斑。
毛钵儿——一种棉鞋。
圪闹——垃圾。
脊背——脊(音则 zek)，后背。
拔盒儿——开关。
掏腰儿——扒手。
毛儿——毽子。
秃舌子——大舌头。
顽涎——稠痰。
窑玍——烟囱。
主腰——无袖内衣，有单有棉的。
笑泊儿——酒窝。
挨心虎儿——宝贝儿。
车豁子——司机(贬义)。
灰猴——不是好人。
成色——傻瓜，弱智。
带铜的——弱智人。
也称铜锤。
铺尺——碎布块。
马爬——摔倒。
妨大主——给人带来倒霉的人，也作"妨主货"。
鬼忽辣——滑头。
窑黑子——矿工。
拿糕——一种面食。

二、动作、形容类

“圪”字头：圪托、圪捣、圪哄、圪咂、圪游、圪爬、圪瞭、圪唬、圪鬼。

“日”字头：日鬼、日哄、日粗、日显、日摆、日劲、日怪。

“忽”字头：忽颤、忽捣、忽闪、忽撩、忽戏、忽喘、忽捎、忽踏。

“达”字尾：颠达、拍达、溜达、戳达、逗达、摇达、蹦达、叨达。

“喇”字尾：没喇、寡喇、痞喇、惯喇、输喇。

仄塄——对抗。

周圪——整理，收拾。

盆圪——搭伙。

经呦——吆喝，督促。

栋底——捅漏。

嚎臊——说风凉话。

齐沓——好看，干净。

嗑怕——对事物的肯定。

拿心——不好意思。

可细——赞美语气词。

揽园——蔬菜成熟结籽最后收割。

妥皮——随和，经磕碰。

桥脆——不耐受。

拿叉——厉害，过人言行。

摊或——毁坏。

戏叨——挑逗，戏弄。

搓白——厚颜无耻干事。

调白——耍赖，偷懒。

调夺——灵活。

烙毛——溜舔，帮忙。

něng 硌——硬而不舒服。

挨菜——强忍耐着吃。

折套——手段。

憋燥——非常寂寞。

不超光——不充裕。

戳莽——莽撞。

把家——爱惜家产。

恶塌——(1) 腐烂；(2) 水平低。

寡气——不怎么样。

亢——渴，缺水。

步扁——步行。

黑紫——(1) 不怎么样；(2) 责骂。

活泛——非常灵活。

拧制——苦头，折磨。

款款儿——轻轻地。

喇忽——不细心。

朗粗——粗心。

亮钵儿——非常明亮。

黏牙——不好侍候，挑剔。

耨心——恶心，烦躁。

皮善——不利害。

不吕忽——没注意。

平撑——轻而易举。

宿磨——憋闷无聊。

受因——享受着，很舒服。

步杠——步行。

栓整——爱整洁，收拾家干净。

死厢——不灵活。

包弹——弹读“谈”，挑剔指责。

把觉——(1) 端着孩子把屎尿；(2) 亲自教习。

摆连——陈列。

道歇——叙述。

板油——(1) 最差等的；(2) 白干了。

剥切——搭理，爱护。

藏老门儿——捉迷藏。

拨料——(1) 指点;(2) 修理。
擦扭——挑刺比势。
戳鬼——闯祸。
箍掂——强迫。
搭歇——觉得。
掇蛋——抬举。
扶掇——扶持。
告草——告饶。
打帮——劝说。
箍能——将就。
不尿——不理睬他。
打整——打击报复,欺负。
夸旦——夸奖。
打伙计——建立不正当的两性关系。
点灰皮——向上级或长辈挑拨别人。
跌歇——落脚。
谛懂——考虑。
抖膘——穿的衣服少(讽刺)。
督宣——唆使。
锅或——抚慰。
也作“锅哄”。
猴害——乱动乱翻,损毁物品。
夹屙——想大便。
猴掐——(1) 管理制约;(2) 损坏。
夹音——没听准确。
老国——张望。
拉皮条——介绍、说合、调解。
拉黑牛——骗人时的托儿。
揽曳——承揽。
失措——失手。
拉稀——(1) 反悔;(2) 泻肚。
雷堪——吓唬,责骂。
溜沟——巴结奉迎。
码面——讽刺。
瞄摸——估计。
抹掴——擦抹。
抹溜——(手没有抓牢)滑了下去。
末脱——(1) 滑落;(2) 失手干了错事。
入格儿——吃得舒服。
莫奔子——奔跑。
宁架——督促,催逼。
挪窝儿——产妇在孩子满月后回娘家。
圪碍儿——矛盾,隔阂。
爬擦——往上爬。
爬场——穷困潦倒。
扑堪——往前冲,也有巴结之意。
台郭——收藏。
扑拉——轻轻拍打,轻摸。
扑拾——(1) 乱闯;(2) 巴结。
牙音——话音,语气。
撒约——欺骗,不守信用。
也作“失约”。
杀割——处理。
犯木忽——诈尸。
神达——带着怒气说话。
元玉——说话,开口。
打滑擦儿——冰上滑游戏。
油说——有风趣地乱说。
照门——看家。
夹尿——想小便。
打饥荒——还账,付款

三、数量词

一圪撮儿、一圪独、一圪节、一圪宁宁儿、一圪扭儿、一圪生儿、一挂、一忽片、一排溜儿、百(鳖)出头、二五眼、七色爷鬼、二赖子、三指儿、五咪头、二夷子、二个半、二匪叶儿、八毛子、鳖(百)圪旦、万瓜地。

四、副、连、介词类

当当浅儿——正当中。
前头——前面。
外浅——外面。
甭节——不要。
匀共——总共。
不敢定——不一定。
带嗨——况且。
到好——幸亏。
到猛儿——到底。
原根儿——从前。
亥海儿——恰巧。
欢欢儿——赶快。
将将儿——刚才。
可好——正好。
倘或儿——假使。
可可儿的——正好。
可世界——到处。
临完——到最后。
耐杆儿——原本,本来。
强或儿——好不容易才。

五、四字俗语

挨枝打叶——干活有条理。
白不拉叉——不觉得不好意思。
仄塄散茬——粗俗没礼貌。
白说六道——说怪话、假话。
棒戗圪览——细长物体放得不整齐。
汪心火燎——反胃。
背地旮旯——偏僻狭窄的地方。
背锅打蛋——身材不展,驼背。
悠眉打盹——瞌睡。
本不牙叉——好像没有那回事。
边头沿脑——物品靠边的地方或加工完剩余边角料。
冰倒擦滑——路面上结冰容易滑。
薄忽灵灵——很薄(褒义)。
圪抽圪扯——忸怩,强调客观理由。
薄忽奈奈——很薄(贬义)。
不叽不腊——碍手碍脚。
成色览气——傻的样子。
赤虱打蛋——光屁股,没有穿衣服。
赤滋八奈——说话不文明过于暴露。
瓷钵瓦罐——发呆的样子。
瓷眉信眼——发呆的样子。
着急马爬——着急匆忙的样子。
打白骂油——经常挨打骂,不在乎。
打架隔厌——打架。
游出摆进——乱串游不干活。
打杂涝毛——没正经职业,帮别人做杂活儿。
龇牙打调——强调理由,强词夺理。
的拎兰蛋——稀稀拉拉,拿的东西多。
点毛颤眼——不稳重或使眼色。
死烟啦气——死烟味儿。
跌东摇西——跌跌撞撞,走路摇晃。
东老西国——东瞅西看。
无多愣少——过量。
堆三愣四——物品多得堆放得到处都是。
翻筋麻叶——说话絮絮叨叨,也作翻逼麻叶。
妨主圪叨——不吉利,倒霉的。
干眼骨净——容貌整洁。

死阴圪晴——天气阴冷。

干噎克梁——缺汤，不好咽，饭吃得不舒服。

瞎眉处眼——骂人不长眼睛。

圪搐八代——不平展，有皱折。

圪搐打蛋——衣服不平展或身材不展阔。

圪丁圪巴——不平整。

圪叽圪沓——啰嗦说话没完。

少人没手——能做活的人少。

圪叽圪头儿——细碎物品或剩尾杂料。

圪连且蛋——穿戴臃肿，提溜物品多。

圪溜把弯——不直。

圪丝圪韧——不痛快不情愿。

圪朽兰蛋——萎缩不新鲜。

寡逼六梢——尽说些没用的话。

寡说六道——说些没用的话。

远天失地——离家很远。

寡汤冽水——菜做得没滋味儿。

拐七趔八——走路一瘸一拐的。

小家瓦气——小气。

光眉处眼——容貌洁净。

鬼忽伶仃——不诚实。

哈猴气短——气喘吁吁。

汗趴流水——汗流满面。

黑潮污烂——衣物及物品不干净。

黑能圪节——不干净。

黑叽摇腾——象声词，响动大。

黑烂乌青——青一块紫一块。

歪三仄愣——桀骜不驯。

黑眉洼眼——面容污黑。

黑塌二虎——黑天没有光亮。

黑熏圪览——脏污。

忽松咬沓——不牢固。

灰塌二虎——屋子里不整洁。

水湿圪淹——表面有水。

豁沟打牙——牙齿短缺的样子。

物品磕碰后留下的缺口儿。

生编冒捏——捏造。

急逼六说——着急说瞎话。

急刁瓦抢——争抢。

夹疯愣怔——行为莽撞粗心。

夹三骗二——夹扇带骗又蒙又骗人。

焦毛忽懒——焦煳味儿。

瘦麻圪茶——身材瘦弱。

筋头麻脑——筋多肉少。

精吃白拿——白吃白拿。

精说白道——说瞎话还有理。

净眼儿毛光——一点儿也没有剩。

克梁瓦溯——饮食干，吃得不舒服。

拉巴扯掖——质量粗糙。

冷吹慢打——接待不热情。

冷淘食洼——吃冷饭。

愣七坎怔——说话不雅，没礼貌。

撩猫戏狗——撩逗挑衅别人（多指儿童）。

聋七坎八——耳聋（贬义）。

没捉没纳——不好办理。

湿支赖亥——不严肃，嬉戏打闹。

迷糊打蛋——迷迷糊糊。

囊眉缝眼——长相笨拙。

恼眉愦眼——恼怒的样子。

脓吱海带——身体弱有病。

扑门打窗——来的次数太多。

受罪马趴——受苦受罪。

扑死抢活——骂人做事太匆忙。

齐棱湛板——物品垛得整齐。

牲口八道——粗野下流。

牵死放赖——耍赖。

戗叉古东——没顺序不整齐，也指没礼貌。

扇扇达达——诱骗人。

穷打急闹——凭辛苦挣几个钱。

求胡马察——马马虎虎。

涩巴溜丘——不光滑。
求迷性眼——呆气不识时务。
日脏八带——肮脏。
三八两下——利索，时间短。
撒骨扬尘——死在外地，尸首不明。
撒天扬地——东西撒得到处都是。
骚眉辣眼——在妇女面前有不正经的眼神语言。
湿咸啦沓——菜咸得不正常。
死筋圪韧——(1) 不脆，发韧。(2) 不痛快。
四撒五野——东西放得散乱。
酸胖啦气——酸臭味。
讨吃烂鬼——穿得破烂或不规矩。
晕么圪叨——头晕得厉害。
特拉瓦濉——不精干。
甜忽腻腻——甜而腻，不好吃。
圆头杏脑——头长得圆，好看。
铜钟瓦亮——说话声音洪亮清晰。
秃叽淡舌——口齿不清。
斜末圪料——歪斜的样子。
秃眉溂眼——容貌不好看了，缺修饰物。
秃舌打蛋——结巴。
心圪抖抖——满心企盼。
弯腰噘豖——干活样子弯腰撅屁股，不雅观。
乌叽呐喊——大声喧哗。
沾皮露肉——材料不足而造成里瓤外露。
新圪楞楞——形容物品崭新。
五黄六月——盛夏炎热。
五哭六笑——哭笑无常。
展悠活水——身段好，生活美满。
五马长枪——说话不和气或东一句西两句。
五毛六眼(鬼眉溜眼)——贼眉鼠眼。
刁寡没味——缺少味道。
吸溜马趴——吃得快。
眼泪趴叉——眼泪不断往出流。
扬尘武道——言行鲁莽。
腰软肚硬——能吃不能干活。
油滑览气——流里流气。
阴阴误误——办事拖延，误事。
油脂抹奈——沾满了油腻的样子。

六、大同话实例

买布衫

有一个后生上街买衣裳：“给岗(哥)拿个带到插儿(衣兜)的白不(布)衫子。”售货员就顺手拿了一件，后生说：“咋走圪出呢(皱了)？”售货员恼眉愤眼(不高兴样子)说：“你扑拉扑拉就展了。”“那给岗拿个猴儿筋(猴皮筋)，鲁(捆)住好拿。”

要钱

“夜呢个儿(昨天)上街，扑流扑流吃了个绝圪达(面片)，高低是想你想的扎不住(控制不住)，你多会还岗钱啊？”

泼水节

大同人参加泼水节，忽然大骂：“谁啪(泼)的？谁啪的？咋走不正色(地道)？”
导游告诉他泼你是祝福你，他说：“哎呀您不知道，那个枪嘣猴啪的是滚水(开水)。”

找 厕 所

浑源人去北京打听厕所在哪儿。“兔子，兔子(同志)，哪里有个茅祠(厕所)?”北京人说:“你怎么骂人呢?”浑源人说:“你个鳖子(骂人话)，不叫你奶奶拉屎。”

按 摩

“一奔子(一会儿)么(跑)的不见了，快给岗按按圪膝(膝盖)。”对方心不在焉。

“往哪儿按呢，那是岗的犊子(屁股)。”

下 饭 店

大同人到外地饭店高喊:“服务员拿曲灯(火柴)来，倒杯滚水(开水)。”服务员听不懂。

“球迷杏眼(骂人)欢欢的(快)。”服务员仍不懂。

“楞求尕(骂人傻)。”

夸“老 婆”

两个大同人互夸对方的老婆，贬低自己的老婆。“我那个气门芯(老婆)，肚呼涅涅的(胖)、两个妞妞(乳房)呼伞呼伞像个油坛子。哪像你老婆喜人(漂亮)的，看上去展油活水(挺立舒展)的。”另一个讲:“你老婆也不邋遢(脏、不漂亮)，干艳骨净(整洁)的，我老婆瘦麻圪劣(人瘦)还囊咪凤眼(脸胖眼小)。”

买 菜

一个老汉上街买菜对菜农讲:“你这勺儿白(圆白菜)是搅园(最后的菜)的吗?”菜农讲:“就这一圪撮了(一小堆)。”老汉说:“我包圆了，欢欢的，我夹屙(想大便)了。”

搞对象吵架

男女在公园搞对象。

男:“到你家你妈老是本不牙嚓(绷着脸)，我滴流搅蛋(拿的东西多)拿着，啥意思?”

女:“你长得背锅打蛋(长相难看)，穿的圪抽巴带(衣服不展)，说话秃舌打蛋(结巴)，走路跌东摇西(走路不稳)，干活龇牙打调(强调理由)，办事夹风愣怔(不稳妥)，整天游出摆进(闲串游)，再翻逼麻叶(唠叨)也没用。”

男:“你早元玉(说)，抬过(藏)啥? 你乃盖儿(原来)没看上我，跟我藏老门儿(捉迷藏)呢? 就算我扑堪(巴结)木祸鬼(遇厄运)了。”

吃 请

为了弟弟小两口和好，哥哥请其吃饭。

嫂子:“吃不下了你宁让圪撒(包圆)，不是这个督蛋(讨好)的。”

哥哥:“吃不好了，两口子又圪厌(打架)呀。”

嫂子:“那个拿糕(大同面食)没出(烹饪方法)好，干叶克凉(没吃好)不入圪(不舒服)。”

哥哥:“那两口子平常日脏八带(肮脏)不会做饭，下趟馆子，省得跟我大(父亲)五哭六笑、五马长枪喷楞(闹事)。”

第八章　民俗文化艺术

民俗文化是一切艺术形式的基础，所有的艺术都来源于民间沃土。雁同地区的民俗文化，由于它的历史发展主要体现在政治、军事、民族、宗教等方面，又处于特殊的气候条件下，因此，它在餐饮、婚俗等方面都有特别的艺术再现。它是生活在这里的民众约定俗成的价值取向和审美情趣。图 8-1 所示为过年舞龙。

图 8-1　过年舞龙

第一节　雁同的餐饮文化

饮食文化是中国传统文化的一个重要组成部分。饮食文化不单单是一个“吃”的文化。我们的祖先自古就把饮食文化同社会文化活动紧密结合起来，从而使饮食文化赋予了多种社会价值，政治、军事、宗教、民族、艺术、经济等都与饮食文化休戚相关。大同地区多民族多次融合，各族人民相互汲取先进文化，尤其在饮食文化上，呈现出强烈的地域性和多样性。大同地区高寒、干旱、冬季漫长，周边又与游牧的蒙古族交往，再加上煤矿工人劳动强度大的特殊性，因此，高热量、高蛋白、耐饥寒的饮食为一大特色。大同俗语有“三十里莜面，四十里糕，十里荞面饿断腰”。因此雁同地区餐饮主要是羊肉、莜面、黍糕和杂粮面食。

羊肉是大同菜肴做法最多的食材，它是回、蒙古等游牧民族餐饮文化的传承。最有特色的是大同火锅、羊杂、羊肉烧卖、炖羊肉等。

烧卖——大同的羊肉馅儿烧卖颇有名，一般多见于清真餐厅。几百年历史的老字号"凤临阁"最佳。它迎合了大众的饮食习惯。羊肉烧卖馅料没有膻味儿，使得味道趋于平淡而不失肉香，透亮的皮、花瓣一样的褶、美的外形、香的味道，成为雁同以及周边人们来大同的必选食品，也是大同的一张旅游名片。图 8-2 所示为凤临阁外景。

图 8-2 凤临阁外景

黄芪炖羊肉——用恒山黄芪烹制的黄芪炖羊肉，酥软绵烂、香味扑鼻、鲜美异常。黄芪补气血，羊肉驱寒气，不仅是妇女、老人、体弱多病者的滋补佳品，而且还是雁同地区群众招待女婿或远方贵客的佳肴。

羊杂——是以羊的头、蹄、心、肝、肠、肺、血等为原料，配料用羊油、辣椒、茴香、葱、姜、蒜等烹调制成的地方小吃。羊杂要经过炒、炖、熬、烹等多道工序，先做成熟料，山药粉条汆熟后，与羊杂配于碗中，加上葱、香菜、醋少许，红(肉)白(粉)相间、油辣香筋，令人垂涎欲滴，是一道暖胃驱寒的雁同特色小吃。现在商家把羊杂分为纯羊杂、粉羊杂、菜羊杂、炒羊杂、凉拌羊杂等。大同的"贺老人羊杂"、怀仁县城羊杂是最有名的。图 8-3 所示为红红的羊杂。

黄米糕——是雁同一带常见食品，尤其在红、白事上，都以其谐音"高"而蕴于餐桌，糕有素糕、油炸糕、黍子糕（带黍子皮）等几种，它们都具有黄、软、筋、甜的特点。“黄”是中华民族图腾的颜色，它高贵、典雅的气势，往往让人感到崇敬、高贵、敬仰之意。图 8-4 所示为素糕、油炸糕。

图 8-3　红红的羊杂

图 8-4　素糕、油炸糕

雁同一带盛产黍子，胡麻种植也较广。黍子去皮磨成面是黄米面，黄糕（亦称素糕）制作方法是：把黄米面先用温水和成碎块状（散粒），上笼蒸熟，然后倒在盆里用手揉，揉完在其表面抹点麻油分成小块，蘸上肉、菜汁即可食用，松软可口、粘牙味美。油炸糕是黄糕用胡麻油炸制而成。雁同一带群众非常喜爱这一传统食品，逢年过节、招待客人，以油炸糕为上等食品。这里的油炸糕面软、油香，炸出来的油糕皮脆里嫩，绵软可口。若配以精致的豆馅、糖馅、菜馅、水油馅等更有风味。

莜面——莜麦学名燕麦，禾本科，燕麦属。是晋北地区常见的面食，它耐寒、耐旱，成熟快，是雁同地区特有的农作物。莜面是莜麦经过淘洗、晒晾、三熟（炒、开水和、蒸）而做成各种形状的。莜面的吃法很多（据说有 50 余种），有推窝窝、打拿糕、搓鱼儿、洞洞等。可热吃、可凉拌。热吃加羊肉臊子、蘑菇豆腐汤，香味扑鼻，美不可言；凉拌用烧茄子、黄瓜丝，再配以炝辣椒油，红绿相间，清香可口。耐饥、耐寒、低糖（糖尿病患者的最佳食品）。图 8-5 所示为莜面窝窝。

大同的杂粮面食品种较多，主要是大同的地理气候及民族融合原因。大同杂粮面食主要有：

块垒——用莜面、白面掺和熟山药碎末，加之调味，蒸熟后用油炒制而成。块垒食用时

图 8-5 莜面窝窝

可配凉菜、热菜。其名称的由来众说纷纭，一般认为是元代，雁同的方言读音是“魁磊”。

荞面——荞麦是一种在高寒气候下生长的植物，它成熟时间短，过去夏季作物绝收后可补种荞麦。荞麦面可以加工成面食：压饸饹、搓圪坨、碗坨、荞面窝窝等，凉、热均可以吃。

稠粥——用纯小米或小米中掺和一定数量的山药块、葫芦块、黄萝卜以及各种豆类（绿豆、扁豆等）熬制而成。一般常说的稠粥是指小米稠粥。配以各种凉菜（烂腌菜、土豆丝、黄瓜丝、豆腐干等），为早饭小吃。

抿面——用水将豆面、白面搅和成软糕状，分成适当的块，放在抿面床（抿面工具）上，将面团抿于汤锅中成短粉丝状的一种面食。将其带适量汤捞于碗内，调制各种汤汁，配以醋、酱、葱、咸菜等食之，具有香、软、滑的口感。

刀削面——刀削面（图 8-6）是大同最有代表性的面食，堪称天下一绝，已有数百年的历史，是大同人日常最喜食的面食，曾被评为全国十大面之一。因其风味独特而驰名中外。刀削出的面叶，中厚边薄，棱角分明，形似柳叶，入口外滑内筋，软而不粘，越嚼越香，深受面食者欢迎。在大同，刀削面店比比皆是，比较出名的也很多，如七中刀削面、东关刀削面、小南街刀削面、老柴家刀削面等。吃时配有卤鸡蛋、卤豆干、扒肉条、肉丸子、火腿肠等，浇汤各商家都有秘制。很多外地客人宁可舍弃大鱼大肉的豪华宴席，也要来这里专门品尝。刀削面也是大同人长年累月的早餐。

广灵五香腐干——以太行山高寒地区黄豆为原料，采用当地的清泉水，运用几百年传统工艺精制而成。五香豆腐干具有精、韧、咸、香等特点，口味纯正，精韧耐嚼，是酬宾宴客、馈赠亲友、休闲佐餐的素食佳品。

沙棘（俗称酸溜溜）——是一种多年野生落叶灌木，果实呈椭圆形，成熟后为橙黄色或红色，味酸甜。进入深秋，百草枯槁，沙棘果实累累，像一串串红色珍珠。沙棘含有多种维生素和胡萝卜素以及氨基酸等营养物质。近年来雁同郊县开发出多种饮料、食品。随着退

图 8-6　大同刀削面

耕还林工程、京津风沙源治理工程等一系列林业工程的实施，沙棘已成为大同市一种常见的乡土植物。

胡麻油——胡麻是世界上最古老的栽培作物之一，至今已有几千年的历史。据有关资料记载，它起源于我国西北方少数民族地区。植物专家曾在阴山一带发现过野生胡麻。“胡麻”之名由少数民族而来。山西北部（主要为雁同地区）胡麻产地以左云、右玉、平鲁为主，这三个县是山西省的油料基地。胡麻油的特点是：浓香，味美，炸食物时上皮快，色泽清黄美观。

浑源凉粉——是雁同特色美食。在夏季，凉粉是老百姓喜欢吃的食品之一，而大同人爱吃凉粉，不分春夏秋冬，一年四季都有摆凉粉摊的。浑源地处恒山脚下，以山美水美人美闻名于世，而很多人了解浑源却是从一碗普通的凉粉开始。它的配料有：莲花豆、辣椒油、黄瓜丝、葱花、豆腐干及熬制的独特调料水。

大同香瓜——香瓜属葫芦科，一年蔓生草本植物，原产于非洲热带沙漠地区，大约在北魏时期随着西瓜一同传到大同，明朝开始广泛种植。大同香瓜种类繁多，有红灯笼、犁儿脆、蛤蟆皮、芝麻蜜、青羊头、三白瓜等。香瓜喜欢生长在沙质土壤，因此，瓜农多在地上铺一层沙子，以便提高地面温度，长出来的瓜就会又沙又甜，谓之“铺沙瓜”。大同、怀仁等地普遍种植香瓜，过去，大同市南郊区小南头的铺沙瓜最有名，享有“小南头香瓜曹夫楼的糕，水泊寺的姑娘不用挑”之美称。

第二节　婚　　俗

大同的婚俗复杂、多元，在历史的长河中，大量的人口迁徙，尤其与蒙古及其他少数民族的融合，特别是 20 世纪五六十年代全国各地来煤矿工作的人员增加，使得大同的婚俗呈现出多样化。至今流传下来的几个主要习俗有：

提亲（说媒）——提亲主要看两方面条件：一是“门当户对”，即双方经济、文化、宗教、性格、爱好、长相等是否合卯。二是生辰八字、阴阳五行是否相斥，有的还讲究“生辰百天”及属相搭配。风俗虽流传下来，但还是有些唯心的东西，现在这方面已淡化了。

订婚——大同订婚也是隆重的，双方的家长、长辈及媒人都要出席。主要议题有：① 双方家长见面，男方正式求婚（双方要有定情物）。② 男方答应的彩礼要兑现。③ 协商婚期（看日子），期间包括定酒席、领结婚证、照结婚相、买婚服、安婚房等。④ 从今改口男女双方叫对方父母“爸、妈”。

洗头饭——一般在婚礼前几天，双方的亲人如姑姑、舅舅、哥哥、姐姐等要请将结婚的新人吃“洗头饭”。一是祝福新人。二是“洗头饭”标志着孩提时代的结束，成人的修身齐家责任和义务开始。

下茶——结婚前一天男方派一位长辈和媒人一起去女方家，看答应的条件兑现了没，还有什么要办的。去时要带上礼物（如茶叶、蛋糕等），女方家要设宴款待。

长命钱——通常是依据男女新人的岁数而定。钱数因人而异。

蒸糕炮——婚礼当天午夜有抢头糕讲究，午夜蒸糕上气时，放三个大麻炮。一是为喜庆之日增添欢乐的气氛，婚礼前奏开始。二是告诉街坊邻里今儿我家要办喜事儿了。三是敬告四方神灵，今儿个娶亲，请诸神祝福平安、吉祥。

翻身饼——婚礼前一天晚上，由长辈烙 7 个大小不一的饼子给新人吃，预示着新人辈出，一代更比一代强。吃时还要一问一答，回答均是翻到“高官厚爵”。

离娘肉——是男方家娶亲礼物。另带两瓶红酒和一棵子母葱，两双红筷子，用红线缠绕，不打结。女方把拿来的红酒清空，放入绿豆（此绿豆到婆家后速速泼水，出芽愈早愈好），用子母芹菜回敬。离娘肉赠五回二，赠七回三。离娘肉的传说不一，主要表达母女骨肉的依依不舍。图 8-7 所示为离娘肉、红酒、子母葱、红筷子。

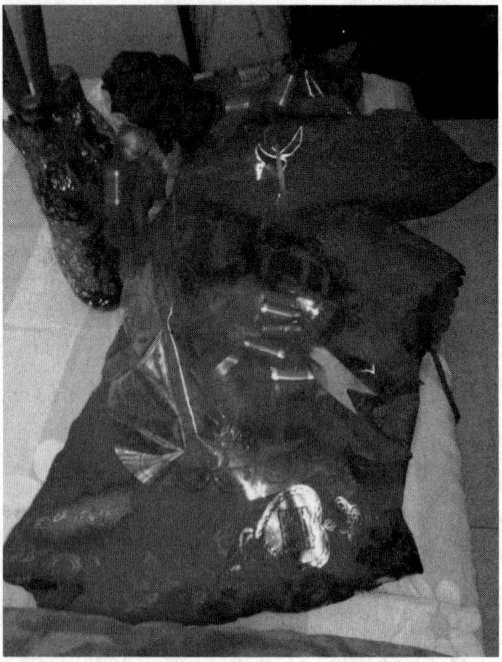

图 8-7　离娘肉、红酒、子母葱、红筷子

送亲——新娘出嫁时由其舅舅、姑父、姐夫、兄弟等陪同前往婆家，由此表示娘家人的重视。一是娘家对姑娘的恋恋不舍，由亲人替父母送行。二是陪同的人是新娘的“人主”，他们可以为新娘今后的烦事撑腰。三是结交、认识婆家的家人，了解婆家的经济、文化、家风等，增进友情。四是随带嫁妆。

圆饭——新娘要出嫁了，她的发小、闺蜜和朋友依依不舍为其送行，一直要送到喜房，她们团圆在新娘新家，再次享受儿时的嬉戏与快乐，也祝福其新婚圆满。新郎家要热情款待。

对面饭——在婚礼当日晚上新郎邀请好友聚餐，以庆良辰，是闹洞房的序曲。洞房里摆上八仙桌，有红烛、红筷、红杯、红酒、红台布、红菜（菜头上披喜字）等，对面饭的主食是挂面、饺子，吃面时，面挂两碗之间，边吃边说“你拉拉，我拉拉，来年生个胖娃娃”“你一口，我一口，甜甜蜜蜜到白头”等吉祥话。要笑新人都是荒诞不经、清一色“荤”段子，有的还表演带“色”的内容。图 8-8 所示为满家饺子。

图 8-8　满家饺子

回门——婚礼第二天新郎，新娘回女方家叫回门，同样隆重、排场。喜宴仪式和结婚仪式一样，只是太阳落山前把新人送回婆家。

打当日——回门第二天新娘偕新郎到娘家。一是认大小、排辈分。二是详细告知女儿、女婿做人、做事的道理。三是谢人，婚礼圆满。

其他的婚礼习俗还有上轿钱、下轿钱、鞋帽钱、改口钱、洗脸、堵门、压婚房、开脸、喝红糖水、祭祖等。雁同地区的婚俗内容差异较大，各个郊县甚至村与村之间都不同，这也是大同民俗特别的地方。

大同的婚礼仪式主要有中、西两种，也有中西合璧的（现在多数是请婚庆公司安排）。早上家里要做油炸糕和凉拌菜以及羊杂，让来家贺喜的亲朋客人吃。还要派人分发给街坊邻居，图个吉利。同时，还要清扫院落、压井盖、拉小红旗、铺红地毯、搭红门、室内要贴喜字窗花、喜房布置等（要全人、要有枣、生、桂、子等干果摆放）。婚车以 8 或 6 为普遍（中式也有骑马、坐轿的），娶亲时不能空车，同时男、女方要带上不同物品。

男方家：离娘肉、红酒、新娘的厚棉衣、坐福蹬喜垫、毛毯、红包等。

女方家：回离娘肉、子母芹菜、红酒瓶装满绿豆、满家饺子、洗漱用具、陪嫁物品、红手帕、盖头、红包（有的地方要带花馍、米面）等。图 8-9、图 8-10 所示为女方家带来的花馍。

图 8-9　女方家带来的花馍(一)

图 8-10　女方家带来的花馍(二)

雁同地区的婚宴一定会有黄米面炸糕(预示着高启、高尚、高攀、高旺、高运、高兴等)、大凉菜(有豆芽、豆腐皮、粉条、菠菜等)、扒肉条丸子(又名团团圆圆,它是主菜,上菜时端盘的会高喊:“大师傅给东家道喜了!”东家会有喜钱回赠)。亲朋好友道喜送礼后,东家会有回礼(同喜之意,一般是烟、糖、茶等)。婚宴中的送亲、圆饭桌在正面,送亲桌由新人、新娘的家亲及新郎的长辈陪坐,圆饭桌则由新娘的闺蜜、伴娘、平辈的朋友坐。雁同地区对新人的“要笑”或“闹洞房”不太过分,而对新人的父母出“花样”的较多。在过去或农村有“听房”的习俗,现在也淡化了。

当然,雁同的婚俗也有许多的陋习。例如:冥婚(阴配);彩礼攀比,如一动不动(车子、房子)、千红万绿(100 元、50 元面值人民币)等;高档婚宴消费愈演愈烈;个别农村还有“冲喜”“换亲”等。

第三节　雁同地方民俗

约定俗成的民间“活动”,是人们在生活中自觉不自觉传递的文化信息,共享着有地域特色的民俗文化和生活情调。因此,民俗活动中往往蕴含着丰富的文化艺术,健康、平安、艺术就成了人们追求的最高境界。这种审美价值取向会融入生活各个层面。大同民俗既有和整个中华民族民俗一致的地方,也有因雁同自然、社会环境而形成的独特民俗。图 8-11 所示为民俗歌舞《相亲亲》剧照。

图 8-11 民俗歌舞《相亲亲》剧照

一、雁同特色民俗

（一）旺火

大同地区煤炭资源丰富，它与当地人的衣食住行休戚相关。因此，煤文化远在古代就已渗透到风俗民情之中，其中“旺火”就是当地的一种风俗习惯。每逢除夕，家家户户院落门前都要用大块煤炭垒成一个塔状“旺火”，中间放柴，上面写个大红字条“旺气冲天”。等午夜十二点，鞭炮齐鸣之时，摆供、祈祷后将旺火点燃。点燃后，火苗从无数小孔中喷出，吐出长长火舌，直舔大地苍穹，红光耀眼，灿烂辉煌，恰似一条条吞云吐火的飞龙，遨游在神州大地，给人们带来了吉祥如意、平安富裕。因此，大的或街中心的旺火，方圆几十里的人都要赶来观看、祈福、转旺火，人们围着最大的旺火正转三圈，反转三圈，口中念着祷告的话语，以图全家四季平安吉祥、心想事成。

在雁同地区还有在“窑神爷”节（冬至）点旺火的习俗，有关煤窑先主“窑神爷”的传说很多，但祭祀的习俗是共同的。

（二）云胜锣鼓

原名“得胜锣鼓”，起源于大同长城关口得胜堡一带。军队每次得胜归来，则由一名德高望重长者指挥民众在得胜口敲锣打鼓，热烈欢迎凯旋将士，故称之为“得胜锣鼓”，后来因为得胜欢庆的鼓谱逐渐固定下来，且该关口在云中一带（大同古称云中），故改称“云胜锣鼓”。相传早期大同的锣鼓都因战争而使用，每次出征前、中、后，都要击鼓。清末雁同地区战事减少，云胜锣鼓逐步广泛应用于喜庆大典、商肆开业、秋后丰收、逢年过节等喜事中。锣鼓曲谱、演员服装、演奏技巧、队形变幻等充分体现出云胜锣鼓的艺术特点：急如狂涛骇浪，缓若涓水长流，重似霹雷闪电，轻比夜阑摇铃，使人感到鼓曲刚柔相济、节奏欢快、轻重有秩、层次分明，给人以赏心悦目之艺术享受，反映了雁同人民热情豪爽、雄浑剽悍、勤劳勇敢的精神。经典的锣鼓套曲有《穆桂英大破天门阵》《喜相逢》等。

（三）圆锁

雁同民俗生小孩后30天为“满月”，100天过“百岁”，十二岁时要“圆锁”（实际是成人礼）。按雁同地区的讲究，小孩子出生以后在未成年期间魂魄不全，每长一岁，要用面做的生肖锁锁命，到十二岁时才魂魄齐全。一般情况下的白事或上坟等事都让小孩避讳。怕其魂魄惊扰。十二岁时要举行开锁仪式（也称为圆锁）。因此，“圆锁”是全家乃至亲朋好友最重要的日子，圆锁的小朋友也互赠礼品，同时留下美好的影像，纪念自己孩提时代的结束。

近年来随着人民生活水平的提高，家长给孩子在饭店大操大办盛行，亲朋好友赠送礼金、财物档次越来越高。

（四）“逢九”

是大同人的禁忌。当地风俗认为人有运势轮回，九年为一个周期。人从27～81岁每个9的倍数就是一个“坎”。所以人遇到九的倍数年，当年正月初一早上就要从里面的红裤衩、红背心、红袜子、红秋裤、红裤带到外面的红毛衣、红外套、红皮鞋、红头饰等换新穿戴上，希冀自己遇祸驱之、平安如意、福至如归。“逢九”时要忌讳白事、外游、拆盖房、惹官司、口舌矛盾、生病、晚归等。“逢九”的明九、暗九都要避讳讲究。

（五）出生风俗

雁同地区在婴儿出生后，其外祖母家必须给新生婴儿做衣服、被褥、枕头等。在孩子生下12天后，亲朋中的妇女来看望孩子和母亲，名曰“打听”，以钱、物表示慰问。孩子未“满月”忌讳外家男性进产妇家门，为了防止有人贸然闯进，在门上挂个红布条（有些地方生男孩要挂弓箭，生女孩要挂笤帚或红筷子）。婴儿生下一个月，父母要给过“满月”，一百天则要过“百岁”，家里的长辈要给孩子挂平安金、银锁（寓意是锁住孩子的命，让小孩平安、健康，不受外界的侵害）。一年还要过“周岁”。

二、节日风俗

雁同地区的节日风俗与汉族基本一致，从春节到清明，大同小异，这里主要介绍的是当地特色节日风俗。

（一）庙会

大同的庙会大多是四月初八。大同俗语讲“别误了四月八”，意思是不要耽误时辰。如恒山庙会、采凉山庙会、孤山奶奶庙会等。庙会期间善男信女千里迢迢朝山祭拜，同时搭台唱戏、商贸往来，各地游客摩肩接踵，带着自己的愿望尽兴而归。

（二）六月六龙王节

雁同地区常年干旱少雨，六月庄稼正是需要雨水之时，为此各地农村以唱大戏之名，隆重举行祈雨活动，其形式复杂、神秘、庄重，直到龙王“显灵”。

（三）七月十五鬼节

有两个意义，一是上坟，纪念故去的先人。二是在元朝汉人为了反抗蒙古人的统治，利用这天捏面人，里面夹上纸条传递“八月十五杀鞑子”。捏面人的习俗延传至今。三是大同的香瓜、西瓜成熟，也是人们走亲访友，传送友情、亲情之时。

（四）十月一送寒衣

大同地区冬季漫长、寒冷，在这天要为故去的亲人送上御冬的衣物，在大路边用笔画圈溜豁口写名字，在里边烧纸样衣物，祈祷故人暖和、平安。

（五）冬至

有两个含义，一是家家户户吃饺子，祈福冬天不要冻坏脚趾头。二是小煤窑纪念“窑神爷”，窑主给工人放假，同时，摆上祭品隆重祭奠窑神爷，企盼小窑安全、财源广进。

三、民间特色游戏

大同有许多的游戏具有时代性、地域性。如早年的“狼吃羊”“蹩死牛”等，20 世纪 60 年代的打仗、打台、玩冰棍筷子等，现在已没有人玩了，它们都有着时代的印记。而玩“杏核”“霍轮”就是雁同地区的游戏。现在房前屋后的集体游戏逐渐减少，大同的特色游戏也是如此。图 8-13 所示为孩子们玩布籽儿。

图 8-12　孩子们玩布籽儿

（一）大同特色游戏

1. 打台

前后画两条线，底线放“台”（木棒），双方猜先后相互击打过线为赢，奖励就是对方使用的“台”。成人小孩都可以玩。

2. 骑驴

猜先后，输方依次弯腰头顶在前人的裤裆里，赢方从远处跑跳到输方的背上，依次跳完后，双方头一人猜拳，这时若赢方从背上掉下，或输方卧驴（体力不支倒下），都要把权力交于对方。

3. 打砖

一横线外放一半头砖，约 3 米左右，双方用另一块砖打，先打倒者为赢家（类似保龄球）。输方背赢方过线为奖励。

4. 翻鞋篓

将双方的鞋脱下，一横一竖对对摞起，地下画一横线，双方猜正反面，猜先方将鞋端起从头上越过抛出，鞋朝向多者为赢，奖励是赢方穿一只鞋。下次是重新猜先依序进行。

5. 卡杏核

双方出一定数量的杏核，猜先后用双手捧着，用单手背卡住，用手面接回不得掉落为赢，直到剩余的杏核卡完为止。奖励是卡到的杏核。

6. 凿杏核

在地上挖一个小坑，约 3～5 厘米深，双方或几方共出杏核放里面，猜先后用自己的大杏核凿坑里杏核，打出坑的就是赢的。

7. 弹蛋儿

地上画个圈是“和”（念 hu），前面一条线约 2 米，从线往“和”里弹，最先进“和”者为胜，奖励是对方的玻璃球。

8. 挑冰棍筷子

双方或几方共出吃完冰棍的“棍”子（即冰棍筷子），将其竖起来突然放开，然后用一根慢慢挑出，挑出的就是赢的，不能动了原样，否则为输。

9. 丁格儿

地上画长方格 4～6 个，在前面有时也在中间的一格叫茅坑，丁步连人带缸一格一格地过，压线或掉茅坑为输。

10. 打猴儿

“猴”是枣核状小木棒（约 5 厘米），放到地上用小木板打猴尖，蹦起连打，看那一方打的远为胜。打猴儿即是大同的“棒球”。

11. 霍龙

近年来兴起的扑克游戏，是大同成人特有的三副扑克升级，网上有竞赛 QQ 群及玩法说明。

12. 狼吃羊

雁同地区古老的游戏，随地画固定的棋盘，狼 2 头、羊 24 只，羊先放 16 子，狼吃羊是隔空吃一，羊围住狼是无路可走。

（二）雁同地区游戏分类

雁同地区的游戏种类很多，据不完全统计有上百种，主要有五大类。

（1）歌舞类：舞狮子、舞龙、扭秧歌、跑旱船、霸王鞭、大头人、踩高跷等，一般在春节前后“红火”，有时也在节假日、企业庆典时邀请演出。

（2）竞技类：拔河、踢毽子、掰腕子、赛冰车、摔跤、翻手背、跳绳等。

（3）游艺类：棋牌、行酒令、猜谜语、观灯、打秋千、耍水等。随着社会环境的变迁，人们的竞技、游艺项目在增多，传统的项目像“行酒令”“摔跤”“爬树”等人们玩的越来越少了。尤其户外游戏更突出。

（4）儿童游戏类：捉迷藏、打沙包、弹蛋儿、打冰猴、cua 拐（羊骨）、挑线绳、拍羊号、叠纸艺、玩土等。儿童的游戏种类繁杂，但是，因历史、地方、气候等原因，特别是电子游戏的普及，传统游戏逐步在减少，急需有识之士开发、继承、推广。图 8-13～图 8-16 所示为几种儿童游戏。

（5）杂项类：冰上、水上的游戏，养宠物、集邮、集杂物等。雁同地区玩鸽子的人较多，历史也悠久。杂项有特色的是长城、古堡文物和煤矸石种类的收藏，有的还准备办展览。这类收藏最能代表雁同的收藏玩耍特色。

雁同地区的民俗种类繁杂，除以上外还有很多，如：信仰、宗教、祖宗的崇拜；方术、丧葬、禁忌的传统讲究；民间故事、笑话及叱咤人物传说；地方山曲小调等都有着深厚的文化底蕴与多彩的艺术形式，需要我们很好地挖掘与研究，这里不再赘述。

图 8-13　拍羊号

图 8-14　纸飞机

图 8-15　丁格

图 8-16　玩土

第九章　同煤企业文化

艺术来源于劳动,劳动产生艺术,像鲁迅所说的“吭哟吭哟派”。我国古代的劳动人民把能在劳动中创造优异成果的人称为“匠人”“巨匠”,如木匠、瓦匠、油匠、铁匠、鼓匠、画匠、皮匠等。他们把劳动成果艺术化地展现给大家,因此,劳动也是最完美的艺术。

同煤与共和国同龄,曾经是我国煤炭行业的老大,在大同地区它的管辖区域及职工、家属是其三分之一,它的经济、文化、艺术、民风等都会影响到大同及周边。几十年来,同煤人无怨无悔,开拓进取,像煤炭、蜡烛,又像钻头、火药,牺牲自己奉献光和热。他们不仅是企业发展的建设者,也是企业文化、企业精神的缔造者。同煤从企业文化的基本建设到机构改革、从网络渗透到体制创新、从企业特色文化到民俗文化,培养造就了成千上万生在矿山、服务矿山的矿工艺术家和煤文化传播者,他们的文化艺术感染力给同煤注入了无尽的活力和欢乐。

一、同煤企业文化特点

同煤文化主要包括“精神、形象、管理”。

(一) 优良的道德价值取向,是企业的核心价值观

同煤人形象标准:吃苦勤劳敢担当;诚信朴实又大方;快乐工作有激情;爱岗敬业有理想。

这就是同煤全体职工所能接受并在实际工作中逐渐形成的先进群体意识,它集中体现了同煤人的荣辱、道德观念,它代表着同煤职工的信念及价值取向,它是同煤的精神支柱。在近70年的发展中,同煤人“特别能战斗”,默默无闻、吃苦耐劳为国家奉献担当的精神,就是同煤文化的核心。他们先后创造了100多项的全国第一:20世纪50年代既有马、连掘进组的全国手工掘进纪录,也有同家梁矿工毛阿毛研制的全国第一台装煤机;60年代既有“四福进京”参加全国群英会,受到国家领导人接见,也有在全煤系统第一次取得坚硬顶板管理科技成果;70年代既有我国自力更生的第一个大型现代化矿井云冈矿投产,也有我国引进的第一台煤矿综采设备上马;80年代既有同家梁综采一队创下的全国年产104万吨纪录,又有大斗沟乔伊机掘队连续三年万米的全国纪录;80年代还有全国第一个3000万吨局、全国第一个煤炭企业获得“金马奖”(国家对企业的最高奖)、全国第一个煤炭企业精神“大同精神”在中央内刊交流、全国第一套国产综采设备在云冈矿使用(标志我国自产综采设备试制成功)、“均压灭火”等一大批科技成果获国家科技进步奖……

20 世纪 90 年代既有获全国第一批煤炭企业质量标准化局的荣誉，又有国家第一批煤炭集团公司成立试点单位；新世纪“大型能源集团建设”开始，同煤又一次驶入“快车道”，全国第一个煤炭工业（塔山）园区建立，它创造了 15 项全国纪录。同煤经过资源整合，储量达到 308 亿吨，生产突破 1.8 亿吨/年。在同煤“两新”战略的指导下，我国最大的棚户区新区（1200 余栋）建成；建成了国家晋华宫矿山旅游公园（64 个矿山公园名列第一）。图 9-1 所示为井下标准化供电所，图 9-2 所示为煤炭工业（塔山）园区。

图 9-1　井下标准化供电所

图 9-2　煤炭工业（塔山）园区

同煤的历史就是一部艰苦奋斗、勇于奉献、爱国敬业的文化教科书。同煤数以万计的各个专业的全国劳动模范就是其企业精神、企业文化的创作者。同煤文化核心目标，就是让员工不管到哪里，都能体现出同煤人敬业奉献的独特优秀品质。他们对工作、生活的激情，就是恪守精神家园，对人生的热爱。同煤几十年涌现出的一代又一代全国劳模，如马六孩、连万禄、李满仓、张万福、陈万先、梁宏伟、欧学联等，他们与同煤一起为国家流血、流汗，甚至牺牲生命，他们是最美的人，也理应得到社会的尊敬、爱戴。他们的吃苦奉献情操、守信善良品质就是同煤的文化艺术形象。

（二）安全为天的特色文化

安全是企业一切工作的“天”，也是社会关注的焦点，它与煤矿有着天然的联系。

同煤安全文化主要内容：

（1）立信、立言的安全责任承诺。同煤的安全承诺自上而下，主要是领导对矿工生命的立言保证。矿工的生命、国家的财产就是领导的生命与财产，立言的前提是有立信的存在。保证在安全的投入上不减、不拖、不缺。

（2）规范、守责的安全操作。俗话“四块石头夹块肉”说的就是矿工的工作，煤矿的危险可以讲“无处不在”。安全责任落实的多少最终靠人，因此，安全责任是每一位矿工的“红线”，这是同煤用鲜血换来的“死规矩”，也体现了同煤的“软实力”（安全文化的渗透力）。

（3）激励、惩罚的机制。同煤在安全管理上“四靠”，即靠制度、靠设施、靠情感、靠激励（金钱与物质奖惩），这四点缺一不可，又相辅相成。2012 年同煤死亡率 0.03/百万吨，连续十年创历史新低。

（4）有效、浸透的文化活动。同煤把安全与文化结合起来，利用各种阵地、场合、节假日、甚至家庭、学校宣传安全，教育员工把安全入心入脑。同时用艺术的手法再现安全内涵，主要有：

① 安全演讲：用亲人、亲历的感受，以肺腑之言告诫员工，安全赋予生命的重要。

② 安全漫画：以连环画、漫画、宣传画、书法作品、图片等形式到基层巡展，有些装裱到操作岗位边。

③ 安全演唱：每年都进行安全文艺会演，创作出版 18 万字《煤海飞出欢乐的歌》歌曲集。

④ 安全征文：各基层单位定期举办征文活动，用生动的事例、身边的故事、形象的语言，述说着矿工的情怀和心声。

⑤ 安全警句：在工作的每个环节、部位，都有安全提醒警句，如井口、大巷、矿车、台阶、皮带边、操纵杆旁等，时刻告诫员工应履行安全责任。

⑥ 安全讲座：每一个法规、条例都是矿工的血和泪写就，集团公司多次编辑事故案例讲义，举办新法规、新设备、新事故、新员工安全培训讲座。

⑦ 安全关怀：家属节假日井口送礼物，如有安全寓意的鞋垫、毛巾、茶杯、春联、贺卡等，与班前矿工互动。各基层单位基本做到了从炕头到巷头、从职工到家属，在安全文化建设上不留死角。

（三）“制度管企，文化管人”的企管理念

企业文化会提升企业管理水平。“同煤文化”三要素是企管制度的“纲”，“目”是以“精细、精准、精确、精益、精美”为管理手段的企业管理模式。其核心的理念是“贵在落实，赢在执行”。落实就要增强责任意识，提升企业执行力。要提升执行能力，各级领导要起表率作用。

人是企业的主体，是决定企业成败的主要因素。只有先进的文化才能管住人，管住人的“心”。这就需要企业不拘一格选拔、培养人才，实施优胜劣汰的竞争机制，促使人才脱颖而出，为企业发展贡献力量。2011 年同大科技院成立(国家级博士后工作站)，为同煤的科技、管理人才提供了创新工作平台。2005 年建立首席专家、技师制度，当年有 80 人受名(他们在职权、工资、待遇上等同矿、处级领导)。2012 年有 141 人被山西省命名为煤矿专业联系高级专家，6 人享受国务院特殊津贴。同时，同煤还特别注重情感管理，运用思想政治工作来激发人的积极性，真正做到视职工为主人，连续多年被评为“中央企业思想政治工作先进单位”。对职工政治上关心、生活上关怀、工作上支持，使员工充分认识自身的价值，自觉将企业精神、经营理念、行为规范融入自己的思想意识和行为活动中，主动为企业振兴发展释放全部能量，增强职工对企业的归属感和责任感。

同时，同煤以人为本，推行了“快乐工作法”。核心是将企业的全体员工聚合在企业精神的旗帜下，最大限度地发挥主观能动作用，以精神理念支配行为，以潜在的意识影响行为，激励每个员工都关心企业的前途，维护企业声誉，创造性地工作，自觉地施展才能，为企业塑造良好的形象。如：青磁窑矿在执行快乐工作法的过程中，推行了岗位标准化、办公艺术化(小区域有情趣、艺术化)、服饰表演化(穿戴从头到脚与身份相符)、行为文明化(有文明用语、有规范的文明点、班车排队、洗浴卫生等)、生活军事化(住宿、吃饭、开会、学习执行军队规范)，达到了工作及生活都快乐、健康。

二、走向全国的同煤文化艺术

同煤文化艺术团体颇具实力：

文工团在 20 世纪 50 年代参加全国文艺会演获奖后受到党和国家领导人周恩来、朱德、邓小平的接见，1992 年被山西省政府记集体一等功，涌现出一大批德艺双馨的艺术人才：有著名词曲作家张枚同、孙一鸣；有在国家获大奖的歌唱演员王凤云、苑铁。图 9-4 所示为王凤云在中央台“青歌赛”获奖演出照。

同煤作协连续几届获全国“乌金”杯大奖；程琪、刘云生分别获赵树理文学奖和冰心散文奖；160 余期的《同煤文艺》饱含几代编创人员的心血，培养造就了 74 名国家级、省级会员。

同煤美术、书法家协会深入矿山、矿工之中，创作出一大批富有煤矿特色、具有时代气息的作品。张尚平的《长城系列》山水作品雄浑壮丽、气宇轩昂；梁屹的《良庄》在德国文化

图 9-3　王凤云在中央台"青歌赛"获奖演出照

美术周获奖，受到赞誉；冯少鹏的书法篆刻获中国书法艺术"兰亭"奖。同煤的各个文化艺术协会都有国家、省级会员，他们来自矿山、扎根煤矿，真实再现矿工的喜怒哀乐，是同煤的又一支采煤掘进队。

张枚同，大同矿务局工会副主席，一级创作员，中国作家协会会员，中国煤矿作家协会副主席，中国音乐家协会会员，山西省音协副主席。

多年来，张枚同除负责组织开展全局文化工作外，始终坚持文艺创作，共发表中短篇小说、报告文学等 120 余万字，歌词、歌曲 800 余首，出版中短篇小说集两部，歌词集两部，歌曲集 1 部。由他作词的歌曲《年轻的朋友来相会》多次获文化部、中国音协、团中央等国家级奖励；歌曲《矿山的女人》获第七届全国青年歌手电视大奖赛优秀作品奖、乌金大奖和全国"五个一"工程提名奖；歌曲《矿工的妈妈》《矿工的故事》获山西省"五个一"工程奖；1984 年荣获山西省赵树理文学奖。

三、同煤文化活动载体日臻完善

企业文化旨在为员工提供一种高品位的精神理念和高层次的文化载体，培育职工的群体意识和价值观念。同煤属城乡接合部，作为相对独立的一个小社会，文化生活尚显得贫乏，这与繁重体力劳动的工作节奏不相协调。因此文体活动对员工富有极大的吸引力，并且也成为寓教于乐的具体操作手段，同煤把企业文化纳入企业整体发展规划之中，满足广大员工对精神文化生活的追求。

首先，投入专项资金保障文化设施建设，仅 2000 年的统计全局有文化俱乐部 23 个，文化活动中心 44 个，基层文化活动室 1100 个。其他还有大的文化广场、公园、展览馆、图书馆等，使职工参加、品赏文化活动有地点、有交流、有雅性。图 9-4 所示为白铜矿 5.9 事故安全教育基地，图 9-5 所示为煤峪口“万人坑”遗址陈列馆，图 9-6 所示为晋华宫国家矿山地质公园——英模墙，图 9-7 所示为平旺休闲公园一景。

图 9-4　白洞矿 5.9 事故安全教育基地

图 9-5　煤峪口“万人坑”遗址陈列馆

图 9-6　晋华宫国家矿山地质公园——英模墙

图 9-7　平旺休闲公园一景

其次，积极参加中央、国家级大型主题活动，在其中有声、有色、有奖、有影响力，让同煤职工、家属有自豪荣誉感，有参与、竞技的愿望，有学习提高文化艺术水平的机会，有彰显自我的平台。

再次，加强文化机构、队伍的建设，保障文化专业队伍的经费、人员、设施，起到文化艺术引领作用。

参 考 文 献

[1] 丁福保.佛学大辞典[M].上海:上海书店,1991.
[2] 何学森.书法学概要[M].北京:华夏出版社,2004.
[3] 李万鹏.民俗起源传说[M].济南:明天出版社,1992.
[4] 李雪芹.云冈石窟[M].太原:山西科学技术出版社,2014.
[5] 卢继文.大同古城[M].太原:山西科学技术出版社,2014.
[6] 马斌.三晋史话·大同卷[M].太原:三晋出版社,2016.
[7] 马家骏.当代苏联文学[M].郑州:河南大学出版社,1989.
[8] 王桢.大同史话[M].北京:中国文史出版社,2010.
[9] 薛文礼.大同传统文化与民间文学研究[M].北京:中国戏剧出版社,2011.
[10] 姚斌.大同史略[M].太原:北岳文艺出版社,2013.
[11] 姚斌.老大同[M].太原:北岳文艺出版社,2013.

后　记

从20世纪80年代开始，教育部对全国的在校大、中专学生进行了“美育”调查，发现学校(包括中、小学)普遍存在着“美育”缺失的现象，学生多数是因高考文化课不行，才去走“艺术”独木桥的。大学生对艺术的了解与喜爱，仅仅停留于对影星、歌星的迷恋，而对自己喜爱的艺术学习与探究则表现为：一是畏难或不愿下苦功夫；二是缺失太多，不知从哪里学习；三是受到条件的限制；四是浑浑噩噩没兴趣；等等。因此，学生的人性、思想很容易发生价值取向扭曲或偏差，有的甚至对人生的意义、价值失去信心，走进“死胡同”。

为此，各省教育厅委派各个艺术领域专家编写了此方面的相关教材，但这些教材内容繁杂，很多是世界顶级艺术门类与形式，离我们很遥远，的确也不容易掌握与理解，想深入学习与研究，困难与阻力往往会挫伤学生的学习热情。作者几十年与学生摸爬滚打在一起，在教学中发现有很多学生想进一步了解自己身边的艺术，有很多学生也在学习自己家乡的艺术(如大同数来宝、二人台、舞狮子、煤雕、魏碑书法、大同·古堡摄影、垒旺火……)。是他们激发了我们集中整理展现雁同地区文化艺术的想法，主要是从艺术鉴赏的角度帮助大家对雁同艺术有粗略的了解。雁同的艺术有两座高峰：一是雕塑；二是建筑。当然，要想深入学习雁同地区文化艺术还要加倍努力，我们只是抛砖引玉，加之才疏学浅，难免挂一漏万。若大家通过该书了解了大同的艺术文化并艺术地生活、学习，从而学会一两门艺术形式，就是我们的希冀了。让我们一起努力！

该书编写过程中得到了徐根、李强、李坤、于义堂等老师的帮助，同时，刘占元、武文革师傅拉着我跑遍了雁同的山山水水，在此深表谢意。

作　者

2017年7月于大同